眾裡尋他千百度

歷代愛情詩詞選

編者序

愛情，是文學作品中最常被歌頌的主題，也是多數人都能體悟的情感，人人出版《眾裡尋他千百度——歷代愛情詩詞選》收錄三百多首經典作品，上從詩經下至民初，有假託閨閣的哀怨愁思、含淚別離的相思之情、軟語溫存的愛戀纏綣，甚或寄託愛情實則抒發身世的寄寓作品等等，願能同讀者一齊感受詩詞中詮釋的愛情眾多樣貌。

愛情，因愛而生情。談愛情者，以雙方神貌分離為悲苦，以伴侶相契而不離為圓熟。詩詞初起，歌詠風流於民里通衢，變化神采於文人手筆。《詩經》詩韻蕩漾，時常流露幾近無瑕的男女情愛。有勇於追求愛情的「窈窕淑女，君子好逑」；亦有因戰爭別離的「昔我往矣，楊柳依依。今我來思，雨雪霏霏」；戀愛中必能體會的「一日不見，如三月兮」等，文字質樸，情感純潔美好，皆將愛情最直白的心聲訴諸於文字。

《楚辭》屈原託辭男女形貌，喻君臣相交之誼。開啟漢魏以降擬情託志的無數法門。唐詩呈近體後大放異彩，流派紛出。五七言的音節抑揚頓挫，更易於背誦，在王維「願君多採擷，此物最相思」詩句一出後，紅豆成了相思的代名詞；行事豪放的李白，也曾寫下「早知如此絆人心，何如當初莫相識」；張籍「還君明珠雙淚垂，恨不相逢未嫁時」看似有夫之婦拒絕追求，實則是作者婉拒李師道招攬，只能藉故吐露心聲；讓人津津樂道的「人面不知何處去，桃花依舊笑春風」實則崔護一段遺憾的戀情；「誠知此恨人人有，貧賤夫妻百事哀」則是元稹與元配韋叢間動人的真摯情感！

詞從五代漸出，到了兩宋臻至成熟，可填詞配曲，長度和音節有了很大的彈性，亦帶來更多元的創造性。詞句長短錯落，平仄的變化，吟詠起來較詩體更添細膩，愈顯愛情綿密細緻的萬種風情。如柳永「衣帶漸寬終不悔，為伊消得人憔悴」詮釋為愛義無反顧的執著與不悔；身為文壇領袖的歐陽修，「人生自是有情癡，此恨不關風與月」也是寫來情緻纏綿；「尋尋覓覓，冷冷清清」傳達李清照在丈夫趙明誠死後又逢家國飄零的無盡濃愁。

兩宋以後，雖然沒有前朝如此鋒芒畢露，但也不乏趣味佳作，如姚燧的〈憑闌人〉：「欲寄君衣君不還，不寄君衣君又寒。寄與不寄間，妾身千萬難。」文字質樸淺白，但生動描寫出思婦為丈夫寄冬衣的躊躇之情；清代的納蘭性德：「人生若只如初見，何事秋風悲畫扇。等閒變卻故人心，卻道故人心易變」更是道出愛情雖好，難敵無常的酸楚落寞，令人難以忘懷。

本著「好讀、好念、好記」又兼具趣味、經典的選詩原則，希望讀者能在詩詞中，神遊古人愛情的甘苦酸甜，帶來更多體悟及成長。

【目 錄】

眾裡尋他千百度

歷代愛情詩詞選

卷一◉先秦

卷二◉兩漢

卷五◉兩宋

卷六◉金元

卷七◉明朝

卷八◉清朝

【卷一】

先秦

采薇

詩經

采薇采薇，薇亦作止。曰歸曰歸，歲亦莫止。靡室靡家，玁狁之故。不遑啟居，玁狁之故。

采薇采薇，薇亦柔止。曰歸曰歸，心亦憂止。憂心烈烈，載飢載渴。我戍未定，靡使歸聘。

采薇采薇，薇亦剛止。曰歸曰歸，歲亦陽止。王事靡盬，不遑啟處。憂心

薇—可食用的一種豆科植物，大巢菜的古稱。

作—發芽長出地面。

莫—同「暮」，一年又要過完。

靡—無。

玁狁—匈奴於周朝時的名稱。

不遑啟居—遑，閒暇。啟居指休整。

載—且、又。

使—捎信、傳話的人。

歸聘—帶回問候的音信。

陽—陽月為農曆十月的代稱，又稱小陽春。

孔疚，我行不來！

彼爾維何？維常之華。彼路斯何？君子之車。戎車既駕，四牡業業。豈敢定居？一月三捷。

駕彼四牡，四牡騤騤。君子所依，小人所腓。四牡翼翼，象弭魚服。豈不日戒？玁狁孔棘！

昔我往矣，楊柳依依。今我來思，雨雪霏霏。行道遲遲，載渴載飢。我心傷悲，莫知我哀！

王事靡盬—王事，指官差、徵役。盬，完結停止。

孔疚—孔，非常。疚，痛苦。

我行不來—來，回家。我不能回家。

「彼爾維何」二句—爾，薾的假借字，指花盛開貌。維何，是什麼。常為棠棣，薔薇科植物名。意為那盛開的花是什麼？是棠棣的花朵。

「彼路斯何」二句—路同「輅」，指高大的馬車。君子此指將帥、將軍。意為那高大的馬車是什麼？是將軍的車子。

四牡業業—拉兵車的四匹雄馬很高大強壯的樣子。

捷—戰勝。

騤騤—馬強壯的樣子。

小人所腓—此小人指士兵。腓，

隱蔽、迴避。士兵以兵車為掩護。

翼翼—健壯的樣子。

象弭魚服—象牙鑲飾的弓和魚皮製成的箭袋，此指精良的裝備。

棘—同「急」，緊急。

昔我往矣—往，從軍。當初我離家從軍的時候。

雨雪霏霏—雨作動詞，下雪。霏霏，雪花紛飛。

行道遲遲—遲遲，行走緩慢。回家的路很難走。

采葛

詩經

彼采葛兮，一日不見，如三月兮。
彼采蕭兮，一日不見，如三秋兮。
彼采艾兮，一日不見，如三歲兮。

葛—葛藤，一種蔓生植物，塊根可食，莖可製纖維。
采葛—指的是一位采葛姑娘，也就是那個小夥子所喜愛的人。采蕭、采艾和采葛的意思相同。
蕭—蘆荻，用火燒有香氣，古時用來祭祀。
艾—即香艾，菊科植物。燒艾葉可以灸病。
三秋—這裡指三季。一日不見，如三個月、三個季，甚至三年那麼長，充分表達出小夥子度日如年的情思。現代成語中「一日不見，如隔三秋」，即源出於本詩。

桃夭

詩經

桃之夭夭，灼灼其華。之子于歸，宜其室家。

桃之夭夭，有蕡其實。之子于歸，宜其家室。

桃之夭夭，其葉蓁蓁。之子于歸，宜其家人。

桃之夭夭—比喻姑娘年少美麗。在古漢語中，「夭夭」還有一個意思是和舒、和睦貌。

灼灼其華—用桃花來形容女子的美麗。華，通「花」。灼灼，形容桃花盛開，鮮明豔麗的樣子。

之子于歸—女子正當出嫁的年齡。「之」在這裡當代詞，表示「這個」。「之子」即「這個人」。「歸」，嫁人。朱熹注曰：「婦人謂嫁曰歸」。「于歸」已經成了一個固定詞組，表示「出嫁」之義。

宜其室家—宜，適宜。後面的家室、家人都是家庭或全家人的意思。

有蕡其實—稱讚女子婦德高尚，清閒貞靜。蕡，形容果實很大，長勢喜人。可以形容整棵桃樹的桃子，也可形容每一粒桃子。實，果實。

其葉蓁蓁—蓁蓁，樹葉茂盛的樣子。用桃樹樹葉的濃蔭，來形容女子的婦德之盛。

關雎

詩經

關關雎鳩，在河之洲。窈窕淑女，君子好逑。

參差荇菜，左右流之。窈窕淑女，寤寐求之。

求之不得，寤寐思服。悠哉悠哉，輾轉反側。

參差荇菜，左右采之。窈窕淑女，琴瑟友之。

關關雎鳩—「關關」是象聲詞，水鳥的叫聲。雎鳩，鳥名，俗稱魚鷹。《淮南子．泰族訓》：「〈關雎〉興於鳥，而君子美之，為其雌雄之不乖居也。」這種水鳥不亂偶而居，且有捕魚的本事，很勤勞。

洲—指水中的陸地。

窈窕淑女—淑，本意是指水很清澈。由於「淑」可為「俶」的假借字，因此在本詩中的意思是「善良」。「淑女」這個詞單獨用，也可指善良美好的女子。

好逑—好的配偶。「逑」通「雠（音求）」，雠的本義為配偶。此處不可把「逑」理解成「追求」。

參差—本詩的意思是長短不一，也可理解為東一片西一片。

參差荇菜，左右芼之。窈窕淑女，鐘鼓樂之。

荇菜—多年生草本，多長於淡水湖泊或池沼中。

左右流之—左右，小河或小溪的兩邊。「流」是動詞，意思是順著水流的方向採荇菜的嫩葉。

寤寐—醒時睡時，表示時時刻刻。

思服—兩字都是動詞，同義，意思是「思念」。

悠哉—形容思念之深。悠，憂思之意；哉是感歎詞。在古詩詞中常見的是取《詩經》中的意思，表達對親人或友人的深深思念，或表示悠然之意。

琴瑟友之—彈琴鼓瑟來親近她。友，用作動詞，此處有親近之意。

芼—用手指或指尖採摘。

鐘鼓樂之—用鐘奏樂來使她快樂。樂在此是動詞。

靜女

詩經

靜女其姝，俟我于城隅。愛而不見，搔首踟躕。

靜女其孌，貽我彤管。彤管有煒，說懌女美。

自牧歸荑，洵美且異。匪女之為美，美人之貽。

靜女—貞靜嫻雅之女。

姝—美好。

愛—「薆」的假借字。隱蔽，躲藏。

孌—面目姣好。

貽—贈。

彤管—一說紅管的筆，一說和「荑」應是一物。香茅草初春生發於芽心的花穗苞稱「荑」，「彤管」是因它長出茅草芽心之後顏色轉紅的代稱。如是此意，就與下文的「自牧歸荑」同類。

彤管有煒—荑草紅豔有光澤。

說懌—喜悅。

自牧歸荑—牧，野外。歸，借作「饋」，贈。白茅，茅之始生也。此句象徵婚媾。

洵美且異—確實美得特別。洵，實在，誠然。異，特殊。

匪—非。

蒹葭

詩經

蒹葭蒼蒼，白露為霜。所謂伊人，在水一方。溯洄從之，道阻且長。溯游從之，宛在水中央。

蒹葭萋萋，白露未晞。所謂伊人，在水之湄。溯洄從之，道阻且躋。溯游從之，宛在水中坻。

蒹葭－蘆葦。蒹，沒長穗的蘆葦。葭，初生的蘆葦。
蒼蒼－茂盛的樣子。
為－凝結成。
所謂－所說的，此指所懷念的。
伊人－那個人，指所思慕的對象。
在水一方－在水邊。
溯洄－逆流而上。洄，曲折的水道。
從－跟隨，這裡指追尋、探求。
阻－險阻、崎嶇。
溯游－順流而下。
宛－好像，彷彿。
萋萋－茂盛的樣子。
未晞－未乾。

蒹葭采采，白露未已。所謂伊人，在水之涘。溯洄從之，道阻且右。溯游從之，宛在水中沚。

湄—水草交接處，即岸邊。

躋—上升、升高。

坻—水中高地。

采采—眾多的樣子。

已—停止。

涘—水邊。

右—迂迴曲折。

沚—水中小洲。

子衿

詩經

青青子衿，悠悠我心。縱我不往，子寧不嗣音。
青青子佩，悠悠我思。縱我不往，子寧不來。
挑兮達兮，在城闕兮。一日不見，如三月兮。

衿—即襟。《毛傳》：「青衿，青領也。」毛傳解青衿為學子之服。《禮記・深衣》云：「具父母，衣純以青；如孤子，衣純以素。」青衿非特指學子之服，而為父母健在者之服。在此可指穿著青色衣襟之服的年輕男子。

悠悠—謂思念之深長。

我心—焦急等待著的少女之心。

縱我不往—縱然我不能去。

子寧不嗣音—難道你就這樣斷絕音信了嗎？嗣，續也。嗣音，指留下音信。

佩—指男子腰中佩玉的綬帶。

挑達—形容來去徘徊、往復流連的樣子。

城闕—城門，是男女慣常幽會的地方。

【卷二】

兩漢

迢迢牽牛星

迢迢牽牛星，皎皎河漢女。
纖纖擢素手，札札弄機杼。
終日不成章，泣涕零如雨。
河漢清且淺，相去復幾許！
盈盈一水間，脈脈不得語。

古詩十九首

迢迢—遙遠。
牽牛星—隔銀河和織女星相對，俗稱「牛郎星」，是天鷹星座的主星，在銀河南。
皎皎—明亮。
河漢—即銀河。
河漢女—指織女星，是天琴星座的主星，在銀河北。織女星與牽牛星隔河相對。
擢—伸出，抽出。
素—白皙。此句寫織女織錦時美麗的樣子。
札札弄機杼—正擺弄著織機織布，發出札札的織布聲。弄，擺弄。杼，織機的梭子。

終日不成章—是用《詩經．大東》語意，說織女終日也織不成布。《詩經》原意是織女徒有虛名，不會織布；這裡則是說織女因害相思，而無心織布。章，指布帛上的經緯紋理，這裡指布帛。
零—落。
相去—相隔。
幾許—多少。
盈盈—清澈、晶瑩的樣子。
一水—指銀河。
脈脈—相視卻含情不語。

上山采蘼蕪

漢樂府詩

上山采蘼蕪，下山逢故夫。
長跪問故夫，新人復何如？
新人雖言好，未若故人姝。
顏色類相似，手爪不相如。
新人從門入，故人從閤去。
新人工織縑，故人工織素。
織縑日一匹，織素五丈餘。
將縑來比素，新人不如故。

蘼蕪－一種香草，葉子風乾可以做香料。古人相信蘼蕪可使婦人多子。

故夫－前夫。

長跪－直身而跪。古時席地而坐，坐時兩膝據地，以臀部著足跟。跪則伸直腰股，以示莊敬。

新人－新娶的妻子，對先前的妻子而言。

姝－好。不僅指容貌。當「新人從門入」的時候，故人是丈夫憎厭的對象，但新人入門之後，丈夫久而生厭，轉又覺得故人比新人好了。這裡把男子喜新厭舊的心理描寫得很深入。

顏色—容貌，姿色。
手爪—指紡織等技巧。
不相如—大大不如。
閤—正門旁的小門。
工—擅長。
縑—黃色的絹，價值較賤。
素—潔白的絹，價值較貴。
一匹—長四丈，寬二尺二寸。匹、丈都是古代度量單位。
不如—比不上。

古豔歌

漢樂府詩

煢煢白兔，東走西顧。

衣不如新，人不如故。

煢煢白兔，東走西顧—寫棄婦被迫出走，猶如孤苦的白兔，往東去卻又往西顧，雖走而仍戀故人。煢煢，孤獨無依靠。

衣不如新，人不如故—規勸故人應當念舊。

有所思

漢樂府詩

有所思，乃在大海南。
何用問遺君，雙珠玳瑁簪。
用玉紹繚之。
聞君有他心，拉雜摧燒之。
摧燒之，當風揚其灰！
從今以往，勿復相思，相思與君絕！
雞鳴狗吠，兄嫂當知之。妃呼狶！
秋風肅肅晨風颸，東方須臾高知之！

玳瑁—一種甲殼光潤的海龜，殼常被作為飾品。
紹繚—纏繞。
拉雜摧燒—摧毀燒壞、破壞那個髮簪。
揚灰—將焚燒後的灰燼撒掉。
絕—永遠訣別。
肅肅—風聲。
颸—涼風。
東方—旭日東昇。
高—「皓」的假借字，快天亮了。

飲馬長城窟行

漢樂府詩

青青河畔草，綿綿思遠道。遠道不可思，宿昔夢見之。

夢見在我旁，忽覺在他鄉。他鄉各異縣，輾轉不相見。

枯桑知天風，海水知天寒。入門各自媚，誰肯相為言。

客從遠方來，遺我雙鯉魚。呼兒烹鯉魚，中有尺素書。

飲馬長城窟行—樂府舊題，原辭已不傳，此詩與舊題沒有關係。

綿綿—這裡義含雙關，由看到連綿不斷的青草，引起對征人纏綿不斷的情思。

遠道—遠行。

宿昔—指昨夜。

覺—睡醒。

展轉—不定。這裡是說在他鄉作客的人行蹤無定，也可以說思婦醒後翻來覆去不能再入夢。

「枯桑」二句—落了葉的桑樹，仍然感到風吹；海水雖然不結冰，仍然感到天冷。比喻那遠方的人縱然感情淡薄，也應該知道我的孤凄和想念。

「入門」二句—入門，指各回自

長跪讀素書，書中竟何如。上言加餐食，下言長相憶。

己家裡。媚，愛。言，問訊。以上二句是把遠人沒有音信，歸咎於別人不肯代為傳送。

雙鯉魚—指藏書信的函，就是刻成鯉魚形的兩塊木板，一底一蓋，把書信夾在裡面。一說將上面寫著書信的絹結成魚形。

烹—煮。假魚本不能煮，詩人為了造語生動故意將打開書函說成烹魚。

尺素書—古人寫文章或書信用長一尺左右的絹帛，稱為「尺素」。素，生絹。書，信。

長跪—伸直了腰跪著。跪時將腰伸直，上身就顯得長些，所以稱為「長跪」。

「上言」二句—信裡先說的是希望妻子保重，後又說他在外對妻子十分想念。

上邪

漢樂府民歌

上邪！我欲與君相知，長命無絕衰。
山無陵，江水為竭。
冬雷震震，夏雨雪，天地合，乃敢與君絕。

上邪——天啊！上，指天。邪，語氣助詞，表示感嘆。
相知——相愛。
命——令、使。
衰——衰減、斷絕。
山無陵——高山變為平原。陵，山峰、山頭。
震震——形容雷聲。
雨雪——降雪。雨，名詞用作動詞。
天地合——天與地合二為一。
乃敢——才敢。「敢」字是委婉的用語。

白頭吟

皚如山上雪，皎若雲間月。
聞君有兩意，故來相決絕。
今日斗酒會，明旦溝水頭。
躞蹀御溝上，溝水東西流。
淒淒復淒淒，嫁娶不須啼。
願得一心人，白頭不相離。
竹竿何嫋嫋，魚尾何簁簁。
男兒重意氣，何用錢刀為。

漢樂府民歌

白頭吟—樂府歌曲名，依《宋書．樂志》應屬大曲十五曲之一。《樂府詩集》列入相和歌辭，楚調曲。《玉臺新詠》題作〈皚如山上雪〉，稱為古樂府。

「皚如山上雪」二句—皚，說文：「霜雪之白也。」皎，皎潔，指月色之光明潔白。首二句為起興，興中有比。

兩意—就是二心，和下文「一心」對比，指情變。

故來—特意來。

決絕—決裂和斷絕關係。

「今日斗酒會」二句—斗，盛酒的器具。明旦，明日。溝，即下文的「御溝」，指環繞宮牆的渠水。這兩句是說今天置酒作最後的聚會，明早溝邊分手。

「躞蹀御溝上」二句—躞蹀，小

步慢行的樣子。御溝，流經御苑或環繞宮牆的渠水。東西流，即東流；「東西」是偏義複詞，這裡偏用「東」字的意義。溝水東西流，言過去的愛情生活將如溝水東流，一去不返。

淒淒—悲傷的樣子。

復—再、又。

一心人—用情專一之人。

白頭—頭髮白，指老年。

「竹竿何嫋嫋」二句—竹竿，指釣竿。何，猶言「多麼」，下句同。嫋嫋，形容釣竿柔長而有節奏地擺動的樣子。簁簁，為「漇漇」的假借字；本是羽毛沾濡濕潤的樣子，此處形容魚尾像濡濕的羽毛。在中國歌謠裡釣魚有男女求偶之意，這裡引申為愛情和幸福婚姻的象徵。

「男兒重意氣」二句—意氣，指情義。「何……為」猶言為何、何為，把「為」字置於句末，是表示感歎語氣。錢刀，即錢幣，古代錢幣有作刀形者，所以錢又稱為錢刀。

留別妻

結髮為夫妻，恩愛兩不疑。
歡娛在今夕，嬿婉及良時。
征夫懷遠路，起視夜何其？
參辰皆已沒，去去從此辭。
行役在戰場，相見未有期。
握手一長嘆，淚為生別滋。
努力愛春華，莫忘歡樂時。
生當復來歸，死當長相思。

佚名

結髮—夫妻洞房時，各剪下一綹頭髮，綰在一起，象徵永結同心。後引申為元配夫妻。

嬿婉—歡好的樣子。

良時—美好的時光。

參辰—參星和辰星，此為星星的代稱。

沒—消失，天即將亮了。

辭—辭別。

期—約定的日期。

生別—生離死別。

春華—春光，比喻少壯時期。

越人歌

佚名

今夕何夕兮，搴舟中流。
今日何日兮，得與王子同舟。
蒙羞被好兮，不訾詬恥。
心幾頑而不絕兮，知得王子。
山有木兮木有枝，心說君兮君不知。

搴舟—意為盪舟。
王子—此處指公子黑肱（？～前529年），字子皙，春秋時期楚國的王子，父親楚共王。
被好—承蒙您的善意。
訾—詆毀、批評。
說—同「悅」，喜愛。

鳳求凰

司馬相如

有一美人兮，見之不忘。
一日不見兮，思之如狂。
鳳飛翱翔兮，四海求凰。
無奈佳人兮，不在東牆。
將琴代語兮，聊寫衷腸。
何日見許兮，慰我彷徨。
願言配德兮，攜手相將。
不得於飛兮，使我淪亡。

東牆—借代鄰居，此指距離心愛女子遙遠。
將—用。
衷腸—內心的情意。
見許—被許，指將女子許配給我。
配德—德行可以與你相配。
相將—相互扶持。
飛—比翼雙飛。

鳳兮鳳兮歸故鄉，遨遊四海求其凰。
時未遇兮無所將，何悟今兮升斯堂！
有艷淑女在閨房，室邇人遐毒我腸。
何緣交頸為鴛鴦，胡頡頏兮共翱翔！
凰兮凰兮從我棲，得托孳尾永為妃。
交情通意心和諧，中夜相從知者誰？
雙翼俱起翻高飛，無感我思使余悲。

邇、遐──近、遠。
毒──傷害、殘害。
頡頏──鳥飛上飛下，一同翱翔。
孳尾──孳，指哺乳。尾，指交尾。鳥獸生子。

佳人

李延年

北方有佳人，絕世而獨立，
一顧傾人城，再顧傾人國。
寧不知，
傾城與傾國？佳人難再得！

絕世獨立——卓然出眾，無人能比。
顧——看。
傾人傾城——形容女子容貌美豔。

怨歌行

新裂齊紈素，鮮潔如霜雪。
裁為合歡扇，團團似明月。
出入君懷袖，動搖微風發。
常恐秋節至，涼飆奪炎熱。
棄捐篋笥中，恩情中道絕。

班婕妤

怨歌行—屬樂府《相和歌・楚調曲》。

裂—截斷。新裂，是說剛從織機上扯下來。

齊紈素—齊地出產的精細絲絹。紈素都是細絹，紈比素更精致。漢代在齊設三服官，是生產紡織品的大型作坊，產品最為著名。素，生絹。

合歡扇—繪有或繡有合歡圖案的扇子。合歡圖案象徵和合歡樂。

懷袖—胸口和袖口，猶言身邊，這裡是說隨身攜帶合歡扇。

動搖—搖動。

飆—急風。涼飆，一作「涼風」。

篋笥—古人裝衣物的竹箱。

中道絕—中途斷絕。

【卷三】

魏晉南北朝

子夜歌

佚名

宿昔不梳頭，絲髮被兩肩。
婉伸郎膝上，何處不可憐。

青陽渡

佚名

青荷蓋綠水，芙蓉披紅鮮。
下有並根藕，上有並頭蓮。

宿昔—往昔、過去，此處為昨夜。
被—同「披」，披散。
婉—和順美好。
可憐—令人憐愛。

綠水—清澈澄淨的水。
紅鮮—鮮紅艷麗。
並根藕、並頭蓮—此借指情人間的恩愛長久。

燕歌行

曹丕

秋風蕭瑟天氣涼，草木搖落露為霜。
群燕辭歸雁南翔，念君客遊思斷腸。
慊慊思歸戀故鄉，君何淹留寄他方？
賤妾煢煢守空房，憂來思君不敢忘，
不覺淚下沾衣裳。
援琴鳴弦發清商，短歌微吟不能長。
明月皎皎照我床，星漢西流夜未央。
牽牛織女遙相望，爾獨何辜限河梁？

燕歌行—樂府平調曲名。燕是北方邊地，征戍不絕，所以《燕歌行》多半寫離別。

「秋風」二句—《楚辭‧九辯》：「悲哉秋之為氣也，蕭瑟兮草木搖落而變衰。」此化用其意。搖落，凋殘。

慊慊—空虛之感。

淹留—久留。

援—執，持。

清商—樂名。清商音節短促，所以下句說「短歌微吟不能長」。

星漢西流—銀河轉向西，表示夜已很深了。

夜未央—夜已深而未盡的時候。

爾—你，指銀河兩邊的牽牛、織女雙星。

辜—罪。

河梁—河上的橋。此處指銀河。

七哀詩

曹植

明月照高樓，流光正徘徊。
上有愁思婦，悲嘆有餘哀。
借問嘆者誰，言是宕子妻。
君行逾十年，孤妾常獨棲。
君若清路塵，妾若濁水泥。
浮沉各異勢，回合何時諧？
願為西南風，長逝入君懷。
君懷良不開，賤妾當何依。

七哀詩—魏晉樂府的一種。起於漢末，魏王粲、曹植、晉張載皆有。本篇是閨怨詩。
流光—流離的月光。
餘哀—不盡的憂傷。
宕子—蕩子。指離鄉外遊，久而不歸之人。
逾—超過。
獨棲—孤獨一個人居住。
清—形容路上塵。
濁—形容水中泥。
浮沉各異勢—浮與沉各自形勢大不相同。
逝—往。
君懷—指宕子的心。
良—很久，早已。

雜詩

南國有佳人，容華若桃李。
朝遊江北岸，日夕宿湘沚。
時俗薄朱顏，誰為發皓齒。
俛仰歲將暮，榮耀難久恃。

曹植

南國—南方。屈原《橘頌》：「后皇嘉樹，橘來服兮。受命不遷，生南國兮。」

容華—容貌。

「朝遊」二句—比喻遷徙無定。江，指長江。瀟湘，水名。沚，水中小洲。朝遊北岸，夕宿湘沚，是以湘水女神自喻，應取意於屈原《九歌》。

薄朱顏—不重視美貌的人。薄，鄙薄。朱顏，紅顏，美色。

發皓齒—指唱歌。

俛仰—一俯一仰之間，表示時光短促。俛，義同「俯」。

榮耀—花開絢豔的樣子，這裡指人的青春盛顏。

久恃—久留，久待。

閨思

春草醉春煙，深閨人獨眠。
積恨顏將老，相思心欲燃。
幾回明月夜，飛夢到郎邊。

范雲

深閨—舊時指富貴人家的女子所住的閨房。
積恨—愁憾堆積。
郎—指丈夫。

玉階怨

謝朓

夕殿下珠簾，流螢飛復息。
長夜縫羅衣，思君此何極。

玉階—皇宮的石階。

夕殿—傍晚的宮殿。

流螢—飛行無定的螢火蟲。

息—停止。

羅—一種絲織品。

何極—猶言「無窮」。

河中之水歌

蕭衍

河中之水向東流，洛陽女兒名莫愁。
莫愁十三能織綺，十四採桑南陌頭。
十五嫁於盧家婦，十六生兒字阿侯。
盧家蘭室桂為梁，中有鬱金蘇合香。
頭上金釵十二行，足下絲履五文章。
珊瑚掛鏡爛生光，平頭奴子提履箱。
人生富貴何所望，恨不嫁與東家王。

河—指黃河。洛陽距黃河很近，故以此起興，引出下句。

莫愁—樂府清商曲辭有《莫愁樂》，詠石城女子莫愁，本篇為另一名叫莫愁的女子。

綺—有花紋的絲織品。

南陌頭—南邊小路旁。

蘭室—芳香高雅的居室。

桂—桂木。

鬱金蘇合香—鬱金出古大秦國（古羅馬帝國），蘇合出古大食國（古波斯帝國）。皆是名貴的香料。

絲履—繡花絲鞋。漢桓寬《鹽鐵論》即謂「今富者常踏絲履」。

五文章—五色花紋。

掛鏡—古代鏡子常掛於壁上，故稱。
爛—光明。
平頭奴子—不戴冠巾的奴僕。
履箱—不詳何物，一說為藏履之箱。
望—怨，怨恨。
東家王—指東鄰姓王的意中人。此東家王當非富貴者。

夜望單飛雁

蕭綱

天霜河白夜星稀，一雁聲嘶何處歸。

早知半路應相失，不如從來本獨飛。

蕭綱—南朝梁國簡文帝，為梁武帝蕭衍第三子，雅好詩賦，為宮體詩代表。

嘶—聲音淒愴、幽咽。

相失—失去彼此為伴。

感琵琶弦

雖蒙今日寵，猶憶昔時憐。
欲知心斷絕，應看膝上弦。

馮小憐

感琵琶弦—《北史．后妃傳》：「淑妃侍代王達，彈琵琶。因弦斷，遂作此詩。」

今日寵—指北周代王宇文達對她的寵幸。

昔時憐—指北齊後主高緯對她的愛憐。憐，愛。

寄阮郎詩

郎如洛陽花，妾似武昌柳。
兩地惜春風，何時一攜手。

張碧蘭

阮郎—丈夫的愛稱。

洛陽花—牡丹的別稱。隋唐時，洛陽的牡丹負有盛名。以此比喻丈夫風度翩翩，儀態俊美。

武昌柳—典出《晉書・陶侃傳》，陶侃鎮守武昌種柳，下屬盜移官柳，被陶侃認出。柳在古代常作惜別之意。

兩地—此以洛陽和武昌借指與丈夫距離之遙。

惜—愛惜、珍視。

【卷四】

唐、五代

如意娘

武則天

看朱成碧思紛紛，憔悴支離為憶君。
不信比來長下淚，開箱驗取石榴裙。

看朱成碧—南朝梁王僧孺《夜愁示諸賓》：「誰知心眼亂，看朱忽成碧。」此化用其意。朱，紅色。碧，青綠色。
思紛紛—思緒紛亂。
憔悴—瘦弱，面色不好看。
比來—近來。
石榴裙—典故出自梁元帝《烏棲曲》。「芙蓉為帶石榴裙」，本意是指紅色裙子，轉意指女性美妙的風情，因此有了「拜倒在石榴裙下」一說。

望月懷遠

張九齡

海上生明月，天涯共此時。
情人怨遙夜，竟夕起相思。
滅燭憐光滿，披衣覺露滋。
不堪盈手贈，還寢夢佳期。

懷遠—懷念遠方的親人。

「海上」二句—遼闊無邊的大海上升起一輪明月，使人想起了遠在天涯海角的親友，此時此刻也該是望著同一輪明月。

情人—多情的人，指作者自己。

遙夜—長夜。怨遙夜，因離別而幽怨失眠，以至抱怨夜長。

竟夕—終夜，通宵。

憐光滿—愛惜滿屋的月光。

滋—濕潤。

「不堪」二句—月華雖好但是不能相贈，不如回入夢鄉覓取佳期。不堪，不能。盈手，滿手。佳期，美好的時光。這裡指見面的機會。

賦得自君之出矣

張九齡

自君之出矣，不復理殘機。
思君如滿月，夜夜減清輝。

出—此指夫君離開家。
理殘機—理會殘破的織布機。
清輝—皎潔的月光。

長信秋詞

王昌齡

奉帚平明金殿開，且將團扇共徘徊。
玉顏不及寒鴉色，猶帶昭陽日影來。

長信—班婕妤初頗得幸，自趙飛燕姐妹入宮後，婕妤即失寵，乃求供養太后於長信宮。

「奉帚」句—意為清早殿門一開，就持著掃帚在打掃。

團扇—相傳班婕妤有〈怨歌行〉云：「新製齊紈素，鮮潔如霜雪。裁成合歡扇，團團似明月。」

「玉顏」二句—古代以日喻帝王，故日影即指君恩。寒鴉能從昭陽殿上飛過，所以牠們身上還帶有昭陽日影，而自己深居長信，君王從不一顧，則雖有潔白如玉的容顏，倒反而不及渾身烏黑的老鴉。

閨怨

王昌齡

閨中少婦不知愁，春日凝妝上翠樓。
忽見陌頭楊柳色，悔教夫婿覓封侯。

閨怨—少婦的幽怨。閨，女子臥室，借指女子。一般指少女或少婦。

不知愁—劉永濟《唐人絕句精華》註：「不曾」一本作「不知」。作「不曾」與凝妝上樓，忽見春光，頓覺孤寂，因而引起懊悔之意，相貫而有力。

凝妝—盛妝。

翠樓—翠樓即青樓，古代顯貴之家樓房多飾青色，這裡因平仄要求用「翠」，且與女主人公的身分、與時令季節相應。

柳—諧「留」音，古俗折柳送別。

悔教—後悔讓。

覓封侯—覓，尋求。從軍建功封爵。

伊州歌

王維

清風明月苦相思，蕩子從戎十載餘。
征人去日殷勤囑，歸雁來時數附書。

伊州歌—樂府曲調名。

清風明月—指良辰美景。

蕩子—此指征夫。

從戎—從軍。

十載餘—極言其從戎之久。

征人—同上句「蕩子」，均指主人公的丈夫。

「歸雁」句—用《漢書・蘇建傳》所載雁足傳書典故。

相思

王維

紅豆生南國，春來發幾枝。
願君多采擷，此物最相思。

相思——題一作「相思子」，又作「江上贈李龜年」。

紅豆——又名相思子，一種生在江南地區的植物，結出的籽像豌豆而稍扁，呈鮮紅色。

「春來」句——一作「秋來發故枝」。

「願君」句——一作「勸君休採擷」。

采擷，採摘。

相思——想念。

息夫人

莫以今時寵，難忘舊日恩。
看花滿眼淚，不共楚王言。

王維

息夫人—春秋時，楚王滅息國，奪息國夫人。息夫人為保息侯性命不得尋死，委屈從權。但和楚王一起數年，不語不笑。楚王使人問她，回答說：「吾一婦人而事二夫，縱不能死，其又奚言！」

「看花」二句—不要以為今天的寵愛，就能使我忘掉舊日的恩情。

三五七言

李白

秋風清，秋月明，

落葉聚還散，寒鴉棲復驚。

相思相見知何日？此時此夜難為情！

入我相思門，知我相思苦。

長相思兮長相憶，短相思兮無窮極。

早知如此絆人心，何如當初莫相識。

落葉聚還散—寫落葉在風中時而聚集時而揚散的情景。

寒鴉—《本草綱目》：「慈鳥，北人謂之寒鴉，以冬日尤盛。」

絆—牽絆，牽掛。

長干行

李白

妾髮初覆額，折花門前劇。
郎騎竹馬來，繞床弄青梅。
同居長干里，兩小無嫌猜。
十四為君婦，羞顏未嘗開。
低頭向暗壁，千喚不一回。
十五始展眉，願同塵與灰。
常存抱柱信，豈上望夫臺。
十六君遠行，瞿塘灩澦堆。

覆額—女子幼時髮覆額前。
劇—玩耍。
床—井欄，後院水井的圍欄。
長干里—在今南京市，當年係船民集居之地。
抱柱信—典出《莊子．盜跖篇》，寫尾生與一女子相約於橋下，女子未到而突然漲水，尾生守信而

五月不可觸，猿聲天上哀。
門前遲形跡，一一生綠苔。
苔深不能掃，落葉秋風早。
八月蝴蝶來，雙飛西園草。
感此傷妾心，坐愁紅顏老。
早晚下三巴，預將書報家。
相迎不道遠，直至長風沙。

不肯離去，抱著柱子被水淹死。

灩澦堆—三峽之一瞿塘峽峽口的一塊大礁石，農曆五月漲水沒礁，船隻易觸礁翻沉。

早晚—多早晚，猶何時。

三巴—地名。即巴郡、巴東、巴西。在今四川東部地區。

長風沙—地名，在今安徽省安慶市的長江邊上。

長相思【三首．其一】

李白

長相思，在長安。
絡緯秋啼金井闌，微霜淒淒簟色寒。
孤燈不明思欲絕，卷帷望月空長嘆。
美人如花隔雲端。
上有青冥之高天，下有淥水之波瀾。
天長路遠魂飛苦，夢魂不到關山難。
長相思，摧心肝。

長相思—屬樂府《雜曲歌辭》，常以「長相思」三字開頭和結尾。

絡緯—昆蟲名，又名莎雞，俗稱紡織娘。

金井闌—精美的井欄。

簟—供坐臥用的竹蓆。

淥—清澈。

關山難—關山難渡。

怨情

李白

美人卷珠簾，深坐顰蛾眉。
但見淚痕溼，不知心恨誰。

珠簾——卷簾相望。
深坐——久久呆坐。
顰——皺眉。

憶秦娥

李白

簫聲咽，秦娥夢斷秦樓月。
秦樓月，年年柳色，灞陵傷別。
樂遊原上清秋節，咸陽古道音塵絕。
音塵絕，西風殘照，漢家陵闕。

「簫聲咽」二句—用蕭史與弄玉的故事。秦娥，此處泛指美貌的女子。夢斷，夢醒，被淒咽的簫聲所驚醒。

灞陵—今陝西西安市東，因漢文帝陵墓在此，故名。附近有灞橋。

樂遊原—在今西安市南，唐時為遊覽勝地，居高臨下，可眺望全城和周圍的漢代陵墓。

「咸陽」句—指遠赴西北的愛人音信斷絕。

漢家陵闕—漢朝皇帝的陵墓都在長安周圍。闕，陵墓前的牌樓。

長干曲【二首・其一】

崔顥

君家何處住，妾住在橫塘。
停船暫借問，或恐是同鄉。

長干曲【二首・其二】

崔顥

家臨九江水，來去九江側。
同是長干人，自小不相識。

長干行—樂府曲名。是長干里一帶的民歌，長干里在今江蘇省南京市南面。
君—古代對男子的尊稱。
妾—古代女子自稱的謙詞。
橫塘—現江蘇省南京市江寧區。
暫—暫且、姑且。
借問—請問一下。
或恐—也許。

月夜

杜甫

今夜鄜州月，閨中只獨看。
遙憐小兒女，未解憶長安。
香霧雲鬟濕，清輝玉臂寒。
何時倚虛幌，雙照淚痕乾。

鄜州—地名，今陝西富縣。

閨中—女子所住的內室，在此借指杜甫的妻子。

雲鬟—形容女子頭髮像雲霧繚繞一般美好的樣子。鬟，一種環形的髮髻。

清輝—清冷的輝光，言月光。

虛幌—透明的窗帷，泛指窗邊。

雙照—月光照著兩人，表示對未來團聚的期望。

佳人

杜甫

絕代有佳人，幽居在空谷。
自云良家子，零落依草木。
關中昔喪亂，兄弟遭殺戮。
官高何足論，不得收骨肉。
世情惡衰歇，萬事隨轉燭。
夫婿輕薄兒，新人美如玉。
合昏尚知時，鴛鴦不獨宿。
但見新人笑，那聞舊人哭。

絕代—冠絕當代，舉世無雙。
佳人—貌美的女子。
幽居—靜處閨室，恬淡自守。
零落—飄零淪落。
依草木—住在山林中。
關中—指函谷關以西的地區，這裡指長安。
喪亂—死亡和禍亂，指遭逢安史之亂。
官高—指娘家官階高。
骨肉—指遭難的兄弟。
轉燭—燭火隨風轉動，比喻世事變化無常。
合昏—夜合花，葉子朝開夜合。
舊人—佳人自稱。

在山泉水清，出山泉水濁。
侍婢賣珠回，牽蘿補茅屋。
摘花不插鬢，採柏動盈掬。
天寒翠袖薄，日暮倚修竹。

賣珠—因生活窮困而賣珠寶。

牽蘿—拾取樹藤枝條。也是寫佳人的清貧。

修竹—高高的竹子。比喻佳人高尚的節操。

袍中詩

沙場征戍客，寒苦若為眠。
戰袍經手作，知落阿誰邊？
蓄意多添線，含情更著綿。
今生已過也，結取後生緣。

開元宮人

戍客—駐守沙場的士兵。

阿—無義，加在稱謂前面，表示親暱。

蓄意—有意、刻意。

著—添加。

「今生已過也」二句—唐代宮女入宮後，多半不得再出宮，只願能與收到袍中詩的士兵來生再結緣。玄宗年間，命大批宮女縫製軍袍贈給戍邊將士，此宮女將此詩縫在軍袍內，後被士兵發現，呈報給唐玄宗，玄宗知道後非但不責怪，還找出該宮女，將她許配給收到袍中詩的士兵，傳為一時佳話。

章臺柳

◎寄柳氏

韓翃

章臺柳，章臺柳，顏色青青今在否？
縱使長條似舊垂，也應攀折他人手。

章臺—本戰國所建宮殿，以宮內有章臺而得名。在今長安故城西南隅。臺下有街名章臺街。後稱秦樓楚館集中之地為章臺。

章臺柳—暗喻長安柳氏，柳氏本娼女，因以為喻。

青青—以柳色青青比喻柳氏的美貌。

「也應」句—以謂柳氏於兵荒馬亂之際，恐已為他人劫奪占有。

答韓翃

柳氏

楊柳枝，芳菲節，可恨年年贈離別。
一葉隨風忽報秋，縱使君來豈堪折。

芳菲節—花草芬芳的時節。指春季。

「可恨」句—古時有折柳贈別的習俗。柳諧音「留」，表示惜別。

「一葉」句—《淮南子．說山》：「見一葉落而知歲之將暮。」後有「一葉知秋」成語。

「縱使」句—暗示作者因戰爭離亂，美麗容顏已無復昔。

春怨

劉方平

紗窗日落漸黃昏，金屋無人見淚痕。
寂寞空庭春欲晚，梨花滿地不開門。

金屋—漢武帝年少時，非常喜歡他的表妹阿嬌，曾說：「若得阿嬌作婦，當作金屋貯之也。」後來阿嬌作皇后，卻又被漢武帝拋棄了。所以有「金屋藏嬌」的典故，多用此典稱納妾。

春欲晚—春天快要過去了。指暮春時節。

不開門—指任落花滿地也不清掃，孤身一人深鎖宮院。

八至

李冶

至近至遠東西，至深至淺清溪。
至高至明日月，至親至疏夫妻。

至—極、甚。此詩以八個「極端」來比喻。
疏—疏遠、不親近。

相思怨

人道海水深，不抵相思半。
海水尚有涯，相思渺無畔。
攜琴上高樓，樓虛月華滿。
彈著相思曲，弦腸一時斷。

李冶

「人道海水深」四句—人人都說大海很深，其實還不及相思的一半深。大海有邊際，但相思卻是浩渺無邊。

聽箏

李端

鳴箏金粟柱，素手玉房前。
欲得周郎顧，時時誤拂弦。

箏—一種古樂器，十三弦，形如瑟。
金粟柱—柱，箏上繫弦的軸。金粟，柱上的裝飾，表示箏很精美。
素手—潔白的手。
玉房—華麗的房子。
周郎顧—相傳三國時代的東吳大將周瑜，年少英俊，他不僅擅長兵法，且精通音律，人稱「周郎」。別人奏曲有誤，他都會立刻察覺，回頭看一看，所謂「曲有誤，周郎顧」。這裡喻知音。
誤拂弦—拂，彈撥的意思。這句是說，因為希望得到周郎注意，故意常把曲子彈錯了。

江南曲

李益

嫁得瞿塘賈，朝朝誤妾期。
早知潮有信，嫁與弄潮兒。

瞿塘—長江三峽之一。
賈—商人。
妾—古代婦女自稱。
潮有信—潮水漲落有一定的時間。
弄潮兒—指朝夕與潮水周旋的水手。

寫情

李益

水紋珍簟思悠悠，千里佳期一夕休。
從此無心愛良夜，任他明月下西樓。

水紋珍簟—編織著水紋花樣的珍貴竹蓆。

「千里」句—曾經期待那麼久的約會，在這個晚上瞬間破滅。佳期，本指好時光，引申為男女約會的好時機。

良夜—美好的夜晚。

怨詩

孟郊

試妾與君淚，兩處滴池水。
看取芙蓉花，今年為誰死。

試—比試。
滴池水—將眼淚滴入池水。
看取—看一看。
芙蓉花—即荷花。
為誰死—因為誰的淚少而死。

寄歐陽詹

太原妓

自從別後減容光，半是思郎半恨郎。
欲識舊來雲髻樣，為奴開取縷金箱。

歐陽詹—貞元進士，同榜皆天下一時之選，時稱龍虎榜。官至國子監四門助教，全力參與韓愈的古文運動。

「自從別後」二句—自分別後，因過度思念和怨恨而消瘦。歐陽詹來到山西太原，逢一妓名李倩，歸鄉臨行前誓言再來迎娶，後卻逢大病、公務繁忙，未履行諾言。李倩相思成疾，託丫鬟將此詩交由歐陽詹，歐趕到太原時，李倩已香消玉殞。

雲髻—女子盤捲如雲的髮髻。

玉臺體

權德輿

昨夜裙帶解，今朝蟢子飛。
鉛華不可棄，莫是藁砧歸。

玉臺體——南朝梁徐陵選梁以前的詩共十卷，名曰《玉臺新詠》，收的多是豔歌，後遂稱豔情詩為玉臺體。
裙帶解——古人以為裙帶自解是丈夫歸來的預兆。
蟢子——又名喜蛛，是一種長腳小蜘蛛。古人見喜蛛以為吉兆。
鉛華——指脂粉，化妝品。
不可棄——是說應該好好化妝，修飾儀容。
藁砧——指稻草，砧指切草用的砧板。切草要用鈇（鍘刀），與「夫」諧音，所以藁砧成了丈夫的隱語。

節婦吟

◎寄東平李司空師道

張籍

君知妾有夫，贈妾雙明珠。
感君纏綿意，繫在紅羅襦。
妾家高樓連苑起，良人執戟明光裡。
知君用心如日月，事夫誓擬同生死。
還君明珠雙淚垂，恨不相逢未嫁時！

吟—一種詩體的名稱。
李司空師道—李師道，時任平盧淄青節度使。
妾—古代婦女對自己的謙稱。這裡是詩人自喻。
纏綿—情意深厚。
羅襦—一類絲織品，質薄、手感滑爽而透氣。襦，短衣、短襖。
苑—帝王及貴族遊玩和打獵的風景園林。
良人—丈夫。
戟—一種古代的兵器。
明光—本漢代宮殿名，此指皇帝的宮殿。
用心—動機目的。
如日月—光明磊落的意思。
事—服事、侍奉。
擬—打算。

調笑令

團扇，團扇，美人病來遮面。
玉顏憔悴三年，誰復商量管弦。
弦管，弦管，春草昭陽路斷。

王建

調笑令—詞調名，一名《轉應曲》。

團扇—圓形的扇子，古代歌女在演唱時常用以遮面。

團扇—用漢代班婕妤事。班失寵，居長信宮，據說她曾因愁怨寫下詠扇的詩以自喻。後人詠扇因而多寫宮怨。

商量—理會。

管弦—泛指樂器。

「春草」句—意謂通往昭陽殿的道路長滿青草，不能行走，比喻不可能重新得寵。昭陽，漢宮殿名。漢成帝后趙飛燕之妹趙合德得寵，住昭陽殿，後用以代表皇帝和寵妃享樂之地。

春望詞

薛濤

花開不同賞，花落不同悲。
欲問相思處，花開花落時。

送友人

薛濤

水國蒹葭夜有霜，月寒山色共蒼蒼。
誰言千里自今夕，離夢杳如關塞長。

水國蒹葭——《詩經·秦風·蒹葭》：「蒹葭蒼蒼，白露為霜。所謂伊人，在水一方。」借指思念異地友人。

蒼蒼——深青色。

杳——不見蹤影、無聲無息。

春閨思

張仲素

裊裊城邊柳，青青陌上桑。
提籠忘採葉，昨夜夢漁陽。

秋閨思

張仲素

碧窗斜月藹深暉，愁聽寒螿淚溼衣。
夢裡分明見關塞，不知何路向金微。

裊裊—形容柳枝纖細柔美，隨風飄搖。

漁陽—今河北薊縣，因在漁水之陽（北岸）而得名。這裡泛指邊地。

藹—雲氣，通「靄」。

寒螿—秋天的蟬。螿，似蟬而小，青赤色。

金微—金微山，即今阿爾泰山，是當時邊關要塞所在。此處指極遙遠的征戍地。

望夫石

劉禹錫

終日望夫夫不歸，化為孤石苦相思。
望來已是幾千載，只似當時初望時。

望夫石—傳說有婦人思念遠出的丈夫，站在石上久望不已，竟化為石頭。喻深情不移。

竹枝詞

劉禹錫

楊柳青青江水平，聞郎江上唱歌聲。
東邊日出西邊雨，道是無晴還有晴。

竹枝詞—樂府近代曲名。又名《竹枝》。原為四川東部一帶民歌，唐代詩人劉禹錫根據民歌創作新詞，多寫男女愛情和三峽的風情，流傳甚廣。後代詩人多以《竹枝詞》為題寫愛情和鄉土風俗。其形式為七言絕句。

唱歌聲—西南地區民歌發達，戀愛時雙方都以唱歌來表達情意。

「道是」句—語意雙關。晴、情同音，無晴、有晴即無情、有情。還，一作「卻」。

柳枝詞

劉禹錫

清江一曲柳千條，二十年前舊板橋。
曾與美人橋上別，恨無消息到今朝。

一曲——一灣。
恨——抱恨。

題都城南莊

崔護

去年今日此門中，人面桃花相映紅。
人面不知何處去，桃花依舊笑春風。

都—國都，指唐朝京城長安。

人面—一位姑娘的臉。第三句中「人面」指代姑娘。

笑—形容桃花盛開的樣子。

西河雨夜送客

白居易

雲黑雨翛翛，江昏水暗流。
有風催解纜，無月伴登樓。
酒罷無多興，帆開不少留。
唯看一點火，遙認是行舟。

翛翛——狀聲詞，形容雨聲。

有風催解纜——因有風便於船行駛，便解下纜繩準備出發。

花非花

白居易

花非花，霧非霧。夜半來，天明去。
來如春夢不多時，去似朝雲無覓處。

花非花—女子容顏如花般美貌，卻又不是真花。

霧非霧—霧借代「婺」，星官名，為女宿的別稱。卻又不是雲霧之霧。

「來如春夢」二句—此借用楚襄王夢巫山神女之典故，比喻男女幽會歡愛。

長相思

白居易

汴水流，泗水流，流到瓜州古渡頭。

吳山點點愁。

思悠悠，恨悠悠，恨到歸時方始休。

月明人倚樓。

長相思——詞牌名，用《古詩・孟冬寒氣至》：「上言長相思，下言久離別」為名。又名〈雙紅豆〉、〈憶多嬌〉。

汴水——古汴河，舊從河南經江蘇徐州，會泗水入淮河。

泗水——水名，舊從河南經江蘇徐州，會泗水入淮河。

瓜州——鎮名，渡口名，今與鎮江市隔岸斜對。

吳山——泛指江南群山。

悠悠——深長的意思。

長恨歌

白居易

漢皇重色思傾國，御宇多年求不得。
楊家有女初長成，養在深閨人未識。
天生麗質難自棄，一朝選在君王側。
回眸一笑百媚生，六宮粉黛無顏色。
春寒賜浴華清池，溫泉水滑洗凝脂。
侍兒扶起嬌無力，始是新承恩澤時。
雲鬢花顏金步搖，芙蓉帳暖度春宵。
春宵苦短日高起，從此君王不早朝。

漢皇—原指漢武帝劉徹。此處借指唐玄宗李隆基。
傾國—形容女子美貌。
御宇—治理天下。
楊家有女—指楊玉環。
六宮—本指皇后寢宮，後泛指妃嬪居處。
粉黛—代指美女。
新承恩澤—初受寵愛。
金步搖—金絲盤花頭飾，走路時搖曳生姿。
苦短—歡愉無厭，故嫌夜短。

承歡侍宴無閒暇，春從春遊夜專夜。
後宮佳麗三千人，三千寵愛在一身。
金屋妝成嬌侍夜，玉樓宴罷醉和春。
姊妹弟兄皆列土，可憐光彩生門戶。
遂令天下父母心，不重生男重生女。
驪宮高處入青雲，仙樂風飄處處聞。
緩歌慢舞凝絲竹，盡日君王看不足。
漁陽鼙鼓動地來，驚破霓裳羽衣曲。
九重城闕煙塵生，千乘萬騎西南行。
翠華搖搖行復止，西出都門百餘里。

早朝—晨起上朝聽政。
夜專夜—一夜接著一夜。
金屋—指楊貴妃居所。
醉和春—形容醉後春情無限。
列土—劃土分封。
可憐—可羨。
驪宮—驪山華清宮。
凝絲竹—歌舞緊扣樂聲。
看不足—看不厭。
漁陽—郡名。
鼙鼓—軍中戰鼓，指戰事。
霓裳羽衣曲—舞曲名。
九重城闕—京城長安。
「千乘」句—指玄宗倉皇入蜀避難。

六軍不發無奈何，宛轉蛾眉馬前死。
花鈿委地無人收，翠翹金雀玉搔頭。
君王掩面救不得，回看血淚相和流。
黃埃散漫風蕭索，雲棧縈紆登劍閣。
峨嵋山下少人行，旌旗無光日色薄。
蜀江水碧蜀山青，聖主朝朝暮暮情。
行宮見月傷心色，夜雨聞鈴腸斷聲。
天旋地轉回龍馭，到此躊躇不能去。
馬嵬坡下泥土中，不見玉顏空死處。
君臣相顧盡沾衣，東望都門信馬歸。

翠華—皇帝儀仗旗幟，裝飾有翠鳥羽毛。
六軍—指天子的軍隊。
宛轉—纏綿委屈貌。
蛾眉—此指楊貴妃。
花鈿—用金翠珠寶製成的花朵形首飾。
委地—丟在地上。
翠翹—形似翠鳥尾的首飾。
金雀—釵名。
玉搔頭—即玉簪。
雲棧—指棧道盤旋入雲。
縈紆—彎曲盤旋。
劍閣—劍門山。
峨嵋山—此泛指蜀山。
行宮—皇帝出行時住所。
天旋地轉—指時局大變。
回龍馭—指玄宗還京。
沾衣—指落淚。

歸來池苑皆依舊，太液芙蓉未央柳。
芙蓉如面柳如眉，對此如何不淚垂。
春風桃李花開日，秋雨梧桐葉落時。
西宮南內多秋草，落葉滿階紅不掃。
梨園弟子白髮新，椒房阿監青娥老。
夕殿螢飛思悄然，孤燈挑盡未成眠。
遲遲鐘鼓初長夜，耿耿星河欲曙天。
鴛鴦瓦冷霜華重，翡翠衾寒誰與共。
悠悠生死別經年，魂魄不曾來入夢。
臨邛道士鴻都客，能以精誠致魂魄。

信馬—任馬行走。
太液—漢宮裡的太液池。
未央—泛指唐代宮苑。

西宮—太極宮。
南內—興慶宮。
梨園子弟—唐玄宗時設於宮廷的歌舞藝人。
椒房—后妃居住之所。
阿監—宮內女官。
青娥—年輕的宮女。
遲遲—緩慢悠長。
耿耿—微明的樣子。
鴛鴦瓦—嵌合成對的瓦片。
翡翠衾—繡翡翠鳥的被子。
鴻都—本為洛陽宮門，此代指長安。

為感君王輾轉思，遂教方士殷勤覓。
排空馭氣奔如電，昇天入地求之遍。
上窮碧落下黃泉，兩處茫茫皆不見。
忽聞海上有仙山，山在虛無縹渺間。
樓閣玲瓏五雲起，其中綽約多仙子。
中有一人字太真，雪膚花貌參差是。
金闕西廂叩玉扃，轉教小玉報雙成。
聞道漢家天子使，九華帳裏夢魂驚。
攬衣推枕起徘徊，珠箔銀屏迤邐開。
雲髻半偏新睡覺，花冠不整下堂來。

致—招來。
方士—研究神仙法術的人。
排空馭氣—指騰雲駕霧。
窮—窮盡。
碧落—道家稱天界為碧落。
海上仙山—傳說渤海中有蓬萊、方丈、瀛洲三神仙。
玲瓏—華美精巧。
綽約—姿態優美動人。
參差—差不多。
玉扃—玉製的門。
小玉、雙成—楊太真在仙山的侍女。
九華帳—華麗精美的帳子。
珠箔—珠簾。
迤邐開—一道一道打開。
雲髻—鬆散的髮髻。

風吹仙袂飄飄舉，猶似霓裳羽衣舞。
玉容寂寞淚闌干，梨花一枝春帶雨。
含情凝睇謝君王，一別音容兩渺茫。
昭陽殿裏恩愛絕，蓬萊宮中日月長。
回頭下望人寰處，不見長安見塵霧。
惟將舊物表深情，鈿合金釵寄將去。
釵留一股合一扇，釵擘黃金合分鈿。
但教心似金鈿堅，天上人間會相見。
臨別殷勤重寄詞，詞中有誓兩心知。
七月七日長生殿，夜半無人私語時。

新睡覺—剛睡醒。

淚闌干—淚縱橫貌。

凝睇—深情凝望。

昭陽殿—成帝寵妃趙飛燕的寢宮，此代指楊貴妃住所。

蓬萊宮—泛指仙宮。

人寰—人世間。

舊物—與玄宗定情物。

鈿合—裝珠寶的盒子。

釵留一股合一扇—金釵有兩股，留下了一股；盒子有兩片，留下了一片。

殷勤—反覆多次。

長生殿—在華清宮內。相傳玄宗

在天願作比翼鳥，在地願為連理枝。

天長地久有時盡，此恨綿綿無絕期。

與楊貴妃曾在七月七日長生殿盟誓。

比翼鳥—又名鶼鶼，相傳雌雄比翼而飛，後常用來比喻恩愛的夫妻。

昭君怨

白居易

明妃風貌最娉婷，合在椒房應四星。
只得當年備宮掖，何曾專夜奉幃屏。
見疏從道迷圖畫，知屈那教配虜庭。
自是君恩薄如紙，不須一向恨丹青。

明妃—王嫱字昭君，晉時因避諱改稱明妃。
娉婷—輕巧美好的樣子
合—相符。
椒房—為漢代皇后居住的宮殿。以椒和泥塗壁，使溫暖、芳香，並象徵多子。後泛指后妃的居室。
宮掖—古稱嬪妃的居處為掖庭，宮掖指宮中。
見疏—被疏遠。
知屈—知道屈服。
虜—敵人的宮廷，此指匈奴。
一向—一直。
丹青—畫工的代稱。此指不賄賂毛延壽，畫像遭醜化一事，不必為此事感到怨恨。

浪淘沙

白居易

借問江潮與海水，何似君情與妾心？
相恨不如潮有信，相思始覺海非深。

江潮—以洶湧而來又忽然退去的潮水比喻情人負心。

海水—以深而廣的海水比喻女子深厚的感情。

潮有信—引用李益〈江南曲〉：「早知潮有信，嫁與弄潮兒。」此意為情人輕離別，還不如每日反覆往來的潮水。

相思始覺海非深—以海比喻相思，還不夠深，意為情深過海。

採蓮曲

白居易

菱葉縈波荷颭風，荷花深處小船通。
逢郎欲語低頭笑，碧玉搔頭落水中。

菱—菱角，一年生水生草本植物。
搔頭—髮簪的別稱。

夜別筵

元稹

夜長酒闌燈花長，燈花落地復落床。
似我別淚三四行，滴君滿坐之衣裳。
與君別後淚痕在，年年著衣心莫改。

酒闌──飲宴即將結束。
著衣──穿衣。

答張生

待月西廂下，迎風戶半開。
拂牆花影動，疑是玉人來。

元稹

張生—元稹作《鶯鶯傳》（又名會真記）中的男主角，此為女主角崔鶯鶯應和之作，後與張生相戀卻被拋棄，兩人各自婚嫁，形同陌路。

西廂—正房兩側的廂房，朝東為西廂房，一般客人居住在倒座房，但《鶯鶯傳》中，寺廟將西廂改成客房，於是張生住在其中。後元朝王實甫改編成《西廂記》。

拂—輕掠過。

花影動—花影搖動。因殷切期盼，將搖動的花影錯以為是心愛之人前來。

玉人—美女。

遣悲懷【三首・其一】

元稹

謝公最小偏憐女，自嫁黔婁百事乖。
顧我無衣搜藎篋，泥他沽酒拔金釵。
野蔬充膳甘長藿，落葉添薪仰古槐。
今日俸錢過十萬，與君營奠復營齋。

遣—遣，排遣。

謝公—東晉宰相謝安，他最偏愛小女謝道韞。元稹在此以謝道蘊比自己的妻子韋叢，是說韋叢也出身名門望族。

黔婁—戰國時齊國的貧士，清高而有才學。這裡用黔婁比作者自己。

百事乖—什麼事都不順遂。

藎篋—竹或草編的箱子。

泥—軟纏，央求。

拔金釵—賣掉金釵給丈夫買酒。

藿—豆葉，嫩葉可食。

「落葉」句—用槐樹的落葉做柴燒。

俸錢過十萬—元稹在穆宗時被提拔為宰相，薪金很高。過十萬，表示很富裕。

營齋—設酒食而祭。請僧道為妻子超度亡靈。

遣悲懷【三首・其二】

元稹

昔日戲言身後意，今朝都到眼前來。
衣裳已施行看盡，針線猶存未忍開。
尚想舊情憐婢僕，也曾因夢送錢財。
誠知此恨人人有，貧賤夫妻百事哀。

戲言—開玩笑的話。
身後意—關於死後的設想。
行看盡—眼看快要完了。
憐婢僕—此婢僕當是韋氏生前貼身僕人，因懷念韋氏而愛護婢僕。
誠—確實。
此恨—指夫妻之間死別的遺恨。

遣悲懷【三首・其三】

元稹

閒坐悲君亦自悲，百年都是幾多時。
鄧攸無子尋知命，潘岳悼亡猶費詞。
同穴窅冥何所望，他生緣會更難期。
唯將終夜長開眼，報答平生未展眉。

百年—指活到百歲。

幾多時—又能多活幾年呢？

「鄧攸」句—晉鄧攸，字伯道，官河東太守，戰亂中捨子保侄，後終無子，時人乃有「天道無知，使伯道無兒」之語。尋，不久、然後。

尋知命—即將到知命之年。作者於五十歲時，始由繼室裴氏生一子，名道護。

「潘岳」句—晉潘岳，字安仁，妻死，作《悼亡》詩三首，為世傳誦。

猶費詞—意謂潘岳即使寫了那麼悲痛的詩，對死者也等於白說。

實是說自己。

「同穴」句—意謂死後縱合葬一處，也難望哀情相通。同穴，指夫妻合葬。窅冥，幽暗的樣子。何所望，有什麼希望。

他生緣會—來生再結姻緣。

終夜長開眼—據說鰥魚從不閉眼，所以古人稱無妻為鰥。「終夜長開眼」即誓做鰥夫，終生不再娶妻。

平生—一輩子。

未展眉—即愁眉不展，指韋氏生前常因生活貧苦而發愁。

離思

元稹

曾經滄海難為水，除卻巫山不是雲。
取次花叢懶回顧，半緣修道半緣君。

曾經—曾經歷過。
滄海—大海。因海水呈蒼青色，故稱滄海。
「**曾經**」二句—海水、巫山雲指代自己的愛妻，其他的水和雲指代世間其他的女子。即：自從我遇見了我的愛妻，覺得其他的女子都算不得什麼。
除卻—除了。
取次—循序而進。
半緣—一半因為。
修道—作者既信佛也信道，但此處指的是品德學問的修養。

金縷衣

杜秋娘

勸君莫惜金縷衣，勸君惜取少年時。

花開堪折直須折，莫待無花空折枝。

金縷衣——用金絲縷裝飾的衣裳。

莫惜——不要珍惜或留戀。

堪——可以、能夠。

直須——不必猶豫。

莫待——不要等到。

憶揚州

徐凝

蕭娘臉薄難勝淚，桃葉眉尖易覺愁。
天下三分明月夜，二分無賴是揚州。

蕭娘—古時對女子或對所愛女郎的稱呼。此處指情人。

桃葉—晉王獻之愛妾名桃葉。此處借指所愛女子。

無賴—指可愛又可惱，煩擾人。

懷良人

葛鴉兒

蓬鬢荊釵世所稀，布裙猶是嫁時衣。

胡麻好種無人種，正是歸時不見歸。

蓬鬢—頭髮像蓬草一樣亂。

荊釵—用荊條做髮釵。

胡麻—芝麻。

正是歸時不見歸—需要你歸來時影也不見。

近試上張水部

朱慶餘

洞房昨夜停紅燭，待曉堂前拜舅姑。
妝罷低聲問夫婿：畫眉深淺入時無？

近試—臨近考試。此為溫卷詩。
張水部—指張籍，當時任水部郎中。後張回詩〈酬朱慶餘〉：「越女新妝出鏡心，自知明豔更沉吟。齊紈未足時人貴，一曲菱歌敵萬金。」
洞房—原意是很深的房屋，後用來指新婚之室。
停紅燭—紅燭一直點著通夜不滅。停，停放。
待曉—等待天亮。
舅姑—公公和婆婆。
畫眉—唐代婦女有描眉的習俗。
入時—合乎時尚。
無—表疑問的語氣。

嘆花

杜牧

自恨尋芳到已遲，往年曾見未開時。

如今風擺花狼藉，綠葉成陰子滿枝。

嘆花—傳說杜牧遊湖州，曾識一民間女子，姿色秀麗，方十餘歲。杜牧與其母相約過十年來娶。後十四年，杜牧出任湖州刺史，所約女子已嫁人三年。杜感嘆其事，故作此詩。

尋芳—遊賞美景。

狼藉—縱橫散亂的樣子。

綠葉成蔭—比喻女子出嫁後已生兒育女。

子滿枝—雙關語。即使是說花落結子，也暗指當年的妙齡子女如今已婚生子。

贈別【二首・其二】

杜牧

多情卻似總無情，唯覺樽前笑不成。
蠟燭有心還惜別，替人垂淚到天明。

「多情」句—多情者滿腔情緒，一時無法表達，只能無言相對，卻總像是無情似的。總，總是。
唯覺—只覺得。
樽—古代的酒杯。
笑不成—由於太多情，不忍離別，而無法強顏歡笑。

贈去婢

崔郊

公子王孫逐後塵，綠珠垂淚滴羅巾。
侯門一入深如海，從此蕭郎是路人。

去—離開。
婢—被役使的女子，婢女。
公子王孫—舊時貴族、官僚，王公貴族的子弟。
後塵—後面揚起來的塵土。指公子王孫爭相追求的情景。
綠珠—西晉富豪石崇的寵妾，非常漂亮，這裡喻指被人奪走的婢女。
侯門—指權豪勢要之家。
蕭郎—原指梁武帝蕭衍，南朝梁的建立者，風流多才。後成為詩詞中習用語，泛指女子所愛戀的男子。這裡是作者自謂。
路人—陌生人。

江樓感舊

趙嘏

獨上江樓思渺然，月光如水水如天。
同來望月人何處？風景依稀似去年。

渺然——悠遠，思緒惆悵。

題紅葉

韓氏

流水何太急，深宮盡日閒。
殷勤謝紅葉，好去到人間。

題注—盧偓應舉時，偶臨御溝，得一紅葉，上有絕句，置於巾箱。及出宮人，偓得韓氏，睹紅葉，吁嗟久之，曰：「當時偶題，不謂郎君得之。」

深宮—宮禁之中，帝王居住處。

盡日—整天，天天如此。

謝—告，囑咐。

好去—送別之詞。猶言好走。

更漏子

溫庭筠

玉爐香，紅蠟淚，偏照畫堂秋思。
眉翠薄，鬢雲殘，夜長衾枕寒。
梧桐樹，三更雨，不道離情正苦。
一葉葉，一聲聲，空階滴到明。

蠟淚—蠟燭燃燒時所滴下的蠟油，如淚一般。
畫堂—華麗的居室。
秋思—秋日寂寞淒涼的思緒。
眉翠薄—眉上翠黛褪色變淡。
鬢雲殘—如雲般的秀髮散亂不整。
衾—被子。
不道—不管、不顧。

南歌子詞【二首】

溫庭筠

一尺深紅勝麴塵，天生舊物不如新。
合歡桃核終堪恨，裏許元來別有人。
井底點燈深燭伊，共郎長行莫圍棋。
玲瓏骰子安紅豆，入骨相思知不知。

一尺深紅—深紅色的絲綢布，指婦女裝飾或出嫁用的蓋頭紅巾。
麴塵—酒麴上所生菌，因色微黃如塵，此指蓋頭巾蒙塵泛黃。
「合歡核桃」二句—核桃由兩半相合而成，故為和合恩愛的象徵。「人」為仁的諧音雙關法，原來心愛之人心中已有他人，因此終將帶恨。
深燭—此處雙關「深囑」。
長行—古代的一種賭博遊戲，此處雙關長途旅行。
圍棋—棋藝遊戲，此處雙關「違期」，莫要錯失歸期。
「玲瓏」句—將骰子上的紅點，比喻成象徵相思的紅豆。
安—裝、加上。
入骨—深入骨髓，極為深刻。

望江南

溫庭筠

梳洗罷，獨倚望江樓。

過盡千帆皆不是，斜暉脈脈水悠悠。

腸斷白蘋洲。

罷—完畢。

望江樓—思婦登樓眺望。

千帆—借指千船。

斜暉—夕陽西下。

脈脈—意指情絲不斷。

白蘋洲—江中長有白蘋的小渚。

隴西行

陳陶

誓掃匈奴不顧身，五千貂錦喪胡塵。
可憐無定河邊骨，猶是深閨夢裡人。

掃——掃蕩。
匈奴——當時入侵西北邊地的部族。
貂錦——漢時羽林軍穿的一種名貴衣服，這裡代指將士。
喪胡塵——喪生在西北戰場。胡，指匈奴。
無定河——黃河支流，因水流湍急，河道不固定，故名無定河。
深閨——婦女居住的內室。

夜雨寄北

李商隱

君問歸期未有期，巴山夜雨漲秋池。
何當共剪西窗燭，卻話巴山夜雨時。

期—期限，沒有歸期。
巴山—泛指四川的山。
何當—何日。
剪西窗燭—剪去燒過的燭芯，意指希望能與妻子相聚，秉燭長談。即成語「剪燭西窗」。
卻話—重談。

無題

李商隱

來是空言去絕蹤，月斜樓上五更鐘。
夢為遠別啼難喚，書被催成墨未濃。
蠟照半籠金翡翠，麝薰微度繡芙蓉。
劉郎已恨蓬山遠，更隔蓬山一萬重。

來是空言—指對方臨別時說要回來，但許諾卻落空。
去絕蹤—一去之後就無影無蹤。
夢為遠別—睡夢中有夢見兩人分別。
喚—呼喊。
書被催成—在急切心情的催促下趕快寫信。書，書信。
墨未濃—不等墨研濃就開始寫了。
籠—籠罩。
金翡翠—繡著翡翠鳥的金色燈罩。
微度—慢慢傳散開來。
繡芙蓉—繡著芙蓉花的帷帳。
劉郎—指漢武帝劉徹，他曾派人去尋找蓬萊山，求長生不老之藥，一無所得。

無題

李商隱

昨夜星辰昨夜風，畫樓西畔桂堂東。
身無綵鳳雙飛翼，心有靈犀一點通。
隔座送鉤春酒暖，分曹射覆蠟燈紅。
嗟余聽鼓應官去，走馬蘭臺類轉蓬。

畫樓、桂堂—比喻富貴人家的屋舍。

靈犀—舊說犀牛有神異，角中有白紋如線，直通兩頭。

送鉤—也稱藏鉤。古代臘日的一種遊戲，分二曹以較勝負。把鉤互相傳送後，藏於一人手中，令人猜。

分曹—分組。

射覆—在覆器下放著東西令人猜。分曹、射覆未必是實指，只是借喻宴會時的熱鬧。

鼓—指更鼓。

應官—猶上班。

蘭臺—即秘書省，掌管圖書秘籍。李商隱曾任秘書省正字。這句從字面看，是參加宴會後，隨即騎馬到蘭臺，類似蓬草之飛轉，實則也隱含自傷飄零意。

無題

李商隱

相見時難別亦難，東風無力百花殘。
春蠶到死絲方盡，蠟炬成灰淚始乾。
曉鏡但愁雲鬢改，夜吟應覺月光寒。
蓬山此去無多路，青鳥殷勤為探看。

無題─詩以「無題」命篇，是李商隱的創造。這類詩作並非成於一時一地，多數描寫愛情，其內容或因不便明言，或因難用一個恰當的題目表現，所以命為「無題」。

絲方盡─絲，與「思」是諧音字，有相思之意。「絲方盡」意思是除非死了，思念才會結束。

蠟炬─蠟燭。

淚始乾─淚，指燃燒時的蠟燭油，這裡取雙關義，指相思的眼淚。

蓬山─指海上仙山蓬萊山。此指想念對象的往處。

無題

李商隱

重幃深下莫愁堂，臥後清宵細細長。
神女生涯原是夢，小姑居處本無郎。
風波不信菱枝弱，月露誰教桂葉香。
直道相思了無益，未妨惆悵是清狂。

莫愁—典出《樂府詩集》中梁武帝所寫的〈河中之水歌〉：「河中之水向東流，洛陽女兒名莫愁……十五嫁為盧家婦，十六生兒字阿侯。」

臥後—醒後。

神女—即宋玉〈高唐賦〉與〈神女賦〉中的巫山神女。

「小姑」句—宋人郭茂倩所編《樂府詩集》中的《青溪小姑曲》：「開門白水，側近橋梁。小姑所居，獨處無郎。」

「風波」句—暗示女子生活不順遂，亦得不到同情與幫助。「不信」是明知菱枝為弱質而偏加摧折。

「直道」二句—意謂即使相思全無好處，但這種惆悵之心，也好算是癡情了。

無題

李商隱

颯颯東風細雨來，芙蓉塘外有輕雷。
金蟾齧鎖燒香入，玉虎牽絲汲井回。
賈氏窺簾韓掾少，宓妃留枕魏王才。
春心莫共花爭發，一寸相思一寸灰！

颯颯—風聲。

「**金蟾**」句—口銜鎖環的蟾形香爐雖然緊閉，燒香仍可投入。

「**玉虎**」句—飾有玉虎的井雖深，但汲水的繩索仍可汲引。

「**賈氏**」句—賈充之女偷看韓壽，後來兩人結為夫婦。

「**宓妃**」句—洛水女神把枕頭留給魏王，只因愛上他的才情。

落花

李商隱

高閣客竟去，小園花亂飛。
參差連曲陌，迢遞送斜暉。
腸斷未忍掃，眼穿仍欲歸。
芳心向春盡，所得是沾衣。

客竟去－客人都離去了。
參差－錯落不齊的樣子。
曲陌－曲折的小徑。
迢遞－高遠的樣子貌。此處指落花飛舞。
仍欲歸－仍然希望其能歸還枝頭。
芳心－這裡既指花的精神靈魂，又指愛花人的心境。
沾衣－既指落花依依沾在人的衣服之上，又指愛花人傷心而拋灑的淚滴。

嫦娥

李商隱

雲母屏風燭影深，長河漸落曉星沉。

嫦娥應悔偷靈藥，碧海青天夜夜心。

雲母屏風—用美麗的雲母石做的屏風。

長河—銀河。

曉星沉—晨光中星星沉沒了。

碧海青天—像碧海似的天空，形容天空的廣闊。

夜夜心—指夜夜忍受孤寂之苦。

暮秋獨遊曲江

李商隱

荷葉生時春恨生，荷葉枯時秋恨成。
深知身在情長在，悵望江頭江水聲。

春恨生、秋恨成—春去秋來，註定有遺憾跟怨恨。
身在情長在—會一直帶著這份深情到終老，聊以寬慰。
江水聲—用源源不絕的江水，比喻綿綿不絕的憾恨。

錦瑟

李商隱

錦瑟無端五十弦，一弦一柱思華年。
莊生曉夢迷蝴蝶，望帝春心托杜鵑。
滄海月明珠有淚，藍田日暖玉生煙。
此情可待成追憶？只是當時已惘然。

錦瑟—裝飾華美的瑟。瑟，撥弦樂器，通常二十五弦。

無端—何故。怨怪之詞。

「莊生」句—《莊子．齊物論》：「莊周夢為蝴蝶，栩栩然蝴蝶也；自喻適志與！不知周也。俄然覺，則蘧蘧然周也。不知周之夢為蝴蝶與？蝴蝶之夢為周與？」李商隱此引莊周夢蝶故事，以言人生如夢，往事如煙之意。

「望帝」句—望帝指蜀帝杜宇，死後魂魄化為杜鵑鳥，暮春時節啼鳴至於口中流血，聲音淒苦哀怨。死去幻化之後，尚且悲鳴不已，本句比喻人類內心的淒苦之情。

珠有淚—《博物志》：「南海外有鮫人，水居如魚，不廢績織，其眼泣則能出珠。」

藍田—山名，相傳出美玉。

離亭賦得折楊柳【二首・其二】

李商隱

含煙惹霧每依依，萬緒千條拂落暉。

為報行人休折盡，半留相送半迎歸。

依依—柳枝柔弱的樣子。

落暉—夕陽。

折盡—古人往往折柳贈別。

牡丹

羅隱

似共東風別有因，絳羅高卷不勝春。
若教解語應傾國，任是無情也動人。
芍藥與君為近侍，芙蓉何處避芳塵。
可憐韓令功成後，辜負穠華過此身。

絳羅─紅色的絲綢，此喻牡丹的花瓣。
解語─能解人語。唐玄宗曾指楊貴妃說：「爭如我解語花！」後人比為善解人意的女子。
芍藥─植物名，形似牡丹，因地位僅次稱花王的牡丹，又名「花相」。
芙蓉─為荷花的別名。
韓令功成─即韓弘，《藝苑雌黃》載：「唐元和中韓弘罷宣武節制，始至長安私第，有花命斷去，曰：「吾豈效兒女輩耶？」」當時以牡丹為貴，但韓弘卻引以為恥。
穠華─花開繁盛。意即牡丹開得再美豔嬌貴，仍無法得到韓令欣賞，終生辜負這般美麗。

女冠子

韋莊

昨夜夜半，枕上分明夢見。
語多時。
依舊桃花面，頻低柳葉眉。
半羞還半喜，欲去又依依。
覺來知是夢，不勝悲。

桃花面—指青春美麗的容顏。

柳葉眉—如柳葉之細眉，這裡以「眉」借代為「面」，亦是「低面」的意思。

依依—戀戀不捨的樣子。

不勝—不能承受。

思帝鄉

春日遊，杏花吹滿頭。
陌上誰家年少，足風流。
妾擬將身嫁與，一生休。
縱被無情棄，不能羞。

韋莊

足—十分。
一生休—這一輩子就算了。
無情—指薄情郎，即前文所言陌上少年。
「縱被」二句—即使被遺棄，我也不會羞愧後悔。

應天長

韋莊

別來半歲音書絕，一寸離腸千萬結。難相見，易相別，又是玉樓花似雪。

暗相思，無處說，惆悵夜來煙月。想得此時情切，淚沾紅袖黦。

煙月──月色朦朧。

情切──情意真摯。

黦──黃黑色，此指淚痕。

酒泉子

司空圖

買得杏花，十載歸來方始坼。
假山西畔藥闌東，滿枝紅。
旋開旋落旋成空，白髮多情人更惜。
黃昏把酒祝東風，且從容。

坼─花朵綻放。
旋─俄頃之間。
把酒祝東風─從容酹酒，遙祝東風，願留春光暫駐。
從容─舒緩，不急進。

別錦兒

◎及第後出京，別錦兒與蜀妓

韓偓

一尺紅綃一首詩，贈君相別兩相思。
畫眉今日空留語，解佩他年更可期。
臨去莫論交頸意，清歌休著斷腸詞。
出門何事休惆悵，曾夢良人折桂枝。

紅綃—生絲製作的絲織品。
畫眉—化用漢代張敞為妻畫眉典故，表達兩人恩愛。
可期—期待相逢，飾品可作定情之物。
交頸意—兩人過去的恩愛時光。
清歌—清澈嘹亮的歌聲。
著—填詞。
折桂枝—晉代郤詵用「桂林之一枝，崑山之片玉。」比喻自己選賢舉能的能力，後引用為科舉中第。

落花

嚴惲

春光冉冉歸何處，更向花前把一杯。
盡日問花花不語，為誰零落為誰開。

冉冉—春光漫長。
把—量詞，指一杯酒。

江陵愁望寄子安

魚玄機

楓葉千枝復萬枝，江橋掩映暮帆遲。

憶君心似西江水，日夜東流無歇時。

江陵—指長江南岸之潛江，而非北岸之江陵。

子安—即李億，為朝廷補闕。〈情書寄子安〉題下注云：「一本題下有補闕二字。」可知李子安即李億。但也有人認為子安為另一人。

掩映—時隱時現，半明半暗。

暮帆—晚歸的船。

「憶君」二句—同南唐李煜〈虞美人．春花秋月何時了〉：「問君能有幾多愁，恰似一江春水向東流」與北宋歐陽修〈踏莎行．候館梅殘〉：「離愁漸遠漸無窮，迢迢不斷如春水」表現手法相似。

楊柳枝

魚玄機

朝朝送別泣花鈿，折盡春風楊柳煙。
願得西山無樹木，免教人作淚懸懸。

花鈿—花形的金首飾，亦泛指首飾。
懸—垂。

贈鄰女

◎贈李員外

魚玄機

羞日遮羅袖，愁春懶起妝。
易求無價寶，難得有情郎。
枕上潛垂淚，花間暗斷腸。
自能窺宋玉，何必恨王昌？

遮羅袖—一作「障羅袖」。

宋玉—戰國楚辭賦家，屈原弟子，著錄賦十六篇，頗多亡佚。今傳〈九辯〉、〈風賦〉、〈高唐賦〉、〈神女賦〉、〈登徒子好色賦〉等篇。

王昌—唐人習用。馮浩《玉溪生詩箋註》引《襄陽耆舊傳》：「王昌，字公伯，為東平相散騎常侍，早卒。」又引《錢希言桐薪》：「意其人，身為貴戚，則姿儀儁美，為世所共賞共知。」此以王昌喻李億。

寫真寄夫

欲下丹青筆，先拈寶鏡端。
已驚顏索寞，漸覺鬢凋殘。
淚眼描將易，愁腸寫出難。
恐君渾忘卻，時展畫圖看。

薛媛

寫真寄夫—薛媛是晚唐人楚材妻。楚材離家遠遊，潁地長官愛楚材風采，欲以女妻之。楚材欲允婚，命僕回家取琴書等物。「善書畫，妙屬文」的薛媛，覺察丈夫意向，對鏡自畫肖像，並寫了上面這首詩以寄意。楚材內心疚愧，終與妻團聚。

丹青筆—畫筆。

拈—拿起。

顏索寞—指面容憔悴無生氣。

鬢凋殘—指鬢髮稀疏。

渾—完全。

銅官窯瓷器題詩

佚名

君生我未生，我生君已老。
君恨我生遲，我恨君生早。

銅官窯瓷器題詩——唐代瓷工將流行於民間的詩歌，收錄到所造的瓷器上面，因此得名，共有二十一首。

春怨

打起黃鶯兒，莫教枝上啼。
啼時驚妾夢，不得到遼西。

金昌緒

打起—打得飛走。
遼西—大約指唐代遼河以西一帶地方。隋代因秦漢舊名曾於此地置遼西郡，唐初改曰燕州，州治在遼西縣。是當時少婦的丈夫所去的征戍之地。

貧女

秦韜玉

蓬門未識綺羅香，擬託良媒益自傷。
誰愛風流高格調，共憐時世儉梳妝。
敢將十指誇針巧，不把雙眉鬥畫長。
苦恨年年壓金線，為他人作嫁衣裳。

蓬門—茅屋的門，指貧女之家。
綺羅香—指富貴人家婦女的服飾。
擬—打算。
託良媒—拜託好的媒人。
益—更加。
風流高格調—指格調高雅的妝扮。
「**共憐**」句—憐，喜歡，欣賞。時世儉梳妝，當時婦女的一種妝扮，稱「時世妝」，又稱「儉妝」。
苦恨—甚恨。
壓金線—按捺針線，指刺繡。

生查子

牛希濟

春山煙欲收，天淡星稀小。殘月臉邊明，別淚臨清曉。

語已多，情未了，回首猶重道：記得綠羅裙，處處憐芳草。

生查子—詞調名，原為唐教坊曲名。這首詞寫一對情侶拂曉惜別的依依之情，是五代詞中寫離情的名篇，結尾尤為人稱道。

煙欲收—山上的霧氣正開始收斂。煙，此指春晨瀰漫山前的薄霧。

殘月—彎月。

臨—接近。

清曉—黎明。

了—完結。

重道—再一次說。

「記得綠羅裙」二句—南朝梁江總妻〈賦亭草〉：「雨過草芊芊，連雲鎖南陌。門前君試看，是妾羅裙色。」牛希濟這兩句詞可能出於這首詩。羅裙，絲羅製的裙子。多泛指女孩衣裙。憐，憐惜。

望江南

敦煌曲子詞

天上月，遙望似一團銀。夜久更闌風漸緊，與奴吹散月邊雲，照見負心人。

團銀－一團銀子，這裡採用諧音的修辭手法。團，即「圓」，象徵團圓。「銀」與「人」諧音。

更闌－更殘，即夜深。

負心人－不負責任、拋棄戀人的人，多指男子，這裡指女子的意中人。

望江南

敦煌曲子詞

莫攀我，攀我太心偏。

我是曲江臨池柳，這人折了那人攀，

恩愛一時間。

攀—攀引、結交。

心偏—原意為偏愛，此處指癡心。

曲江—池名，在今陝西西安市東南，因水流曲折得名，是唐代京都遊覽勝地。

柳—古人多以柳比喻妓女。

折—攀，比喻玩弄。

長命女

馮延巳

春日宴，綠酒一杯歌一遍。再拜陳三願：一願郎君千歲，二願妾身常健，三願如同梁上燕，歲歲長相見。

長命女—唐教坊曲名用作詞調名。

綠酒—古時米酒釀成未濾時，面浮米渣，呈淡綠色，故名。

妾身—古時女子對自己的謙稱。

歲歲—年年，即每年。

謁金門

風乍起，吹皺一池春水。
閒引鴛鴦香徑裡，手挼紅杏蕊。
鬥鴨闌干獨倚，碧玉搔頭斜墜。
終日望君君不至，舉頭聞鵲喜。

馮延巳

謁金門—原為唐教坊曲，後用為詞牌名。
乍—突然，忽然。
閒引—無聊地逗引著玩。
挼—揉搓。
鬥鴨—以鴨相鬥為戲。鬥鴨闌和鬥雞臺，都是官僚顯貴取樂的場所。
碧玉搔頭—一種碧玉做的簪子。
鵲喜—古人謂聞鵲喜為喜兆。

鵲踏枝

馮延巳

幾日行雲何處去？
忘卻歸來，不道春將暮。
百草千花寒食路，香車繫在誰家樹。
淚眼倚樓頻獨語。
雙燕飛來，陌上相逢否？
撩亂春愁如柳絮，悠悠夢裡無尋處。

行雲—指神女。此指冶遊不歸的蕩子。

不道—不知。

百草千華—此以閒花野草比喻妓女。

鵲踏枝

馮延巳

誰道閒情拋擲久？

每到春來，惆悵還依舊。

日日花前常病酒，不辭鏡裡朱顏瘦。

河畔青蕪堤上柳。

為問新愁，何事年年有？

獨立小橋風滿袖，平林新月人歸後。

鵲踏枝—詞牌名，即「蝶戀花」。

閒情—即閒愁、春愁。

病酒—飲酒過量引起身體不適。

不辭—不避、不怕。

朱顏—青春紅潤的面色。

青蕪—青草。

為問—為何。

平林—平原上的樹林。

新月—陰曆每月初出的彎形月亮。

訴衷情

顧敻

永夜抛人何處去，絕來音。香閣掩，眉斂，月將沉。

爭忍不相尋，怨孤衾。換我心，為你心，始知相憶深。

訴衷情——唐教坊曲名。

永夜——長夜。

絕來音——沒有一點音訊。

眉斂——指皺眉愁苦之狀。

爭忍——怎忍。

孤衾——喻獨宿。

寄人

張泌

別夢依依到謝家，小廊回合曲闌斜。
多情只有春庭月，猶為離人照落花。

依依—愛戀不捨的樣子。
謝家—指姓謝的姑娘家。
回合—四面環抱。
曲闌—曲折的闌干。
離人—分離之人。

八拍蠻

閻選

愁鎖黛眉煙易慘，淚飄紅臉粉難勻。
憔悴不知緣底事，遇人推道不宜春。

黛眉—黛畫之眉。特指女子之眉。
煙易慘—面上的胭脂也易於顯出慘淡之色。「煙」通「胭」，即胭脂。
粉難勻—因淚灑臉上，故脂粉難以均勻。
緣底事—因何事。底，何，疑問代詞。
推道—推說。
不宜春—春來身體不適。

清平樂

李煜

別來春半，觸目柔腸斷。砌下落梅如雪亂，拂了一身還滿。

雁來音信無憑，路遙歸夢難成。離恨恰如春草，更行更遠還生。

砌下——階下。

落梅——此處指白梅花，春半始落。

雁來——用古代雁足傳書典。

無憑——沒有憑信。

菩薩蠻

李煜

花明月暗籠輕霧，今宵好向郎邊去。
剗襪步香階，手提金縷鞋。
畫堂南畔見，一向偎人顫。奴為出來難，教君恣意憐。

籠輕霧—籠罩著薄薄的晨霧。
剗襪—只穿著襪子貼地行走。
步—這裡作動詞用，意為走過。
香階—臺階的美稱，即飄散香氣的臺階。
金縷鞋—指鞋面用金線繡成的鞋。縷，線。
畫堂—古代宮中繪飾華麗的殿堂，泛指華麗的堂屋。
南畔—南邊。
一向—一時，剎時間。
偎—緊緊地貼著，緊挨著。
顫—由於心情激動而身體發抖。
奴—古代婦女自稱的謙詞，也作奴家。
教君—讓君，讓你。
恣意—任意，放縱。
憐—愛憐，疼愛。

【卷五】

兩宋

踏莎行◎春暮

寇準

春色將闌，鶯聲漸老。
紅英落盡青梅小。
畫堂人靜雨濛濛，屏山半捲餘香裊。
密約沉沉，離情杳杳。
菱花塵滿慵將照。
倚樓無語欲銷魂，長空暗淡連芳草。

闌—晚。
紅英—紅花。
屏山—屏風曲折如重山。
密約—指男女之間互訴衷情，暗約佳期。
沉沉—深沉。此指重大之事，即終身之事。
杳杳—幽遠無邊。
菱花—古代銅鏡六角形或背刻菱花的，叫菱花鏡，後以菱花作為鏡的代稱。
慵將照—懶得照鏡子。
銷魂—形容極度傷心。

相思令

林逋

吳山青，越山青。兩岸青山相對迎，爭忍有離情。
君淚盈，妾淚盈。羅帶同心結未成，江邊潮已平。

吳山—泛指錢塘江北岸群山。
越山—泛指錢塘江南岸群山。
淚盈—含淚欲滴。
同心結—將羅帶繫成連環樣式的結子，象徵定情。
潮已平—指江水已漲到與岸邊相齊。

答外

郭暉妻

碧紗窗下啟緘封，尺紙從頭徹尾空。

應是仙郎懷別恨，憶人全在不言中。

緘—書信。

「應是仙郎」二句—郭暉在外思念妻子，寫信後卻一時匆忙，誤將白紙裝入，因此郭暉妻收到一張白紙後，打趣丈夫憶在不言中。

鷓鴣天

夏竦

鎮日無心掃黛眉，臨行愁見理征衣。
尊前只恐傷郎意，閣淚汪汪不敢垂。
停寶馬，捧瑤卮。相斟相勸忍分離。
不如飲待奴先醉，圖得不知郎去時。

鎮日—整日，成天。
掃黛眉—畫眉。
「尊前」句—在餞別的宴席上擔心破壞愛人的心情。
閣淚—含著眼淚。
瑤卮—玉製的酒器，用做酒器的美稱。

八聲甘州

柳永

對瀟瀟暮雨灑江天，一番洗清秋。
漸霜風悽緊，關河冷落，殘照當樓。
是處紅衰翠減，苒苒物華休。
唯有長江水，無語東流。

不忍登高臨遠，
望故鄉渺邈，歸思難收。
嘆年來蹤跡，何事苦淹留？

八聲甘州──詞牌名，原為唐邊塞曲。

瀟瀟──風雨聲。

霜風──指秋風。

淒緊──形容秋風寒冷蕭瑟。

關河──關山河流。

殘照──夕陽。

「是處」句──到處都是殘花敗葉。

苒苒──漸漸。

物華──景物風光。

渺邈──渺茫遙遠。

歸思──想回鄉的心情。

年來──近年來。

想佳人，妝樓顒望，
誤幾回、天際識歸舟。
爭知我，倚欄杆處，正恁凝愁！

淹留—久留。
顒望—抬頭凝望。
爭知—怎知。
恁—如此。

定風波

柳永

自春來、慘綠愁紅，芳心是事可可。日上花梢，鶯穿柳帶，猶壓香衾臥。暖酥消，膩雲嚲，終日厭厭倦梳裹。無那！恨薄情一去，音書無個！

早知恁麼，悔當初、不把雕鞍鎖。向雞窗、只與蠻箋象管，拘束教吟課。鎮相隨，莫拋躲，針線閒拈伴伊坐。

是事可可—事事都覺平淡無味。可可，不在意。

暖酥消—皮膚為之消損。

膩雲嚲—頭髮散亂。嚲，下垂的樣子。

厭厭—精神不振的樣子。

無那—無可奈何。

薄情—指薄情郎。

早知恁麼—早知如此。

雕鞍—代指車馬。

雞窗—指書窗或書房。語出《幽明錄》：「晉兗州刺史沛國宋處宗嘗得一長鳴雞，愛養甚至，恆籠

和我，免使年少光陰虛過。

著窗間。雞遂作人語，與處宗談論極有言智，終日不輟。處宗因此言巧大進。」

蠻箋象管—紙筆。古時四川所產的彩色箋紙稱蠻箋。象管，象牙做的筆管。

「拘束」句—管束他只許吟詠詩句。

鎮—鎮日，整天。

雨霖鈴

柳永

寒蟬淒切，對長亭晚，驟雨初歇。
都門帳飲無緒，留戀處，蘭舟催發。
執手相看淚眼，竟無語凝噎。
念去去，千里煙波，
暮靄沉沉楚天闊。
多情自古傷離別，
更那堪、冷落清秋節！

雨霖鈴—詞牌名，又名「雨霖鈴慢」，原為唐教坊曲名。唐・鄭處誨《明皇雜錄》：「明皇既幸蜀，西南行，初入斜谷，屬霖雨涉旬，於棧道雨中聞鈴，音與山相應。上既悼念貴妃，采其聲為《雨霖鈴》曲，以寄恨焉。」

寒蟬—《禮記・月令》云：「孟秋之月，寒蟬鳴。」可見大約是在農曆七月。

淒切—淒涼急促。

長亭—古時設在路邊的亭舍，五里一短亭，十里一長亭，常用作送行、餞別之地。

晚—日暮時分。

都門—京城，指汴京。

帳飲—在郊外設帳置酒宴送行。

無緒—沒有心情。

蘭舟—魯班曾刻木蘭樹為舟，後

今宵酒醒何處？楊柳岸，曉風殘月。
此去經年，應是良辰好景虛設。
便縱有、千種風情，更與何人說？

用作船的美稱。

凝噎—喉中哽塞，說不出話。

去去—重複「去」字，表示行程遙遠。

「暮靄」句—傍晚的雲霧籠罩著南天，深厚廣闊，不知盡頭。楚天，指南方楚地的天空。

經年—年復一年。

風情—情意。男女相愛之情。

蝶戀花

柳永

佇倚危樓風細細。望極春愁，黯黯生天際。草色煙光殘照裡，無言誰會憑闌意？

擬把疏狂圖一醉。對酒當歌，強樂還無味。衣帶漸寬終不悔，為伊消得人憔悴。

佇倚危樓—久久憑倚在高樓上。

望極—極目遠望。

黯黯—昏昏暮色。也指心情沮喪憂愁。

生天際—既是暮色，也是春愁，瀰漫天際。

煙光—飄忽繚繞的雲靄霧氣。

會—理解。

「擬把」句—想要清疏狂放地去求得一時沉醉。

對酒當歌—語出曹操〈短歌行〉「對酒當歌，人生幾何」。

強樂—勉強歡笑。

衣帶漸寬—指人逐漸消瘦。語本〈古詩十九首〉：「相去日已遠，衣帶日已緩。」

消得—值得。

憶帝京

柳永

薄衾小枕涼天氣，乍覺別離滋味。展轉數寒更，起了還重睡。畢竟不成眠，一夜長如歲。也擬待、卻回征轡。又爭奈、已成行計。萬種思量，多方開解，只恁寂寞厭厭地。繫我一生心，負你千行淚。

小枕—暗指詞中人仍擁衾獨臥。
數寒更—因睡不著而數著寒夜的更點。
起了還重睡—形容忽睡忽醒。
擬待—打算。
卻回—回轉。
征轡—遠行之馬的繮繩，代指遠行的馬。
爭奈—怎奈。
已成行計—已經踏上征程。
只恁—只是這樣。
寂寞厭厭地—形容百無聊賴的樣子。
「**繫我**」二句—這首詞是從男方立意的，故這兩句意指「我把妳永遠繫在心上，卻辜負了妳那流不盡的傷心淚。」

御街行

范仲淹

紛紛墜葉飄香砌。夜寂靜，寒聲碎。真珠簾捲玉樓空，天淡銀河垂地。年年今夜，月華如練，長是人千里。

愁腸已斷無由醉。酒未到，先成淚。殘燈明滅枕頭敧，諳盡孤眠滋味。都來此事，眉間心上，無計相迴避。

香砌—砌，臺階。用「香」字形容，表明臺階的周圍有花木。

寒聲—落葉在秋風中發出的聲音。

真珠—同「珍珠」。

練—白色未染的熟絹。

明滅—燈光搖曳，忽明忽暗。

敧—傾斜，這裡是斜靠的意思。

諳盡—嘗盡。諳，熟知。

都來—算來。

此事—指別愁離恨。

無計—無法。

蘇幕遮

范仲淹

碧雲天，黃葉地。
秋色連波，波上寒煙翠。
山映斜陽天接水。
芳草無情，更在斜陽外。
黯鄉魂，追旅思。
夜夜除非，好夢留人睡。
明月樓高休獨倚。
酒入愁腸，化作相思淚。

「芳草」二句—以芳草的無邊無際比喻離愁的無窮無盡。

黯鄉魂—思念家鄉，黯然消魂。

追旅思—羈旅的愁思糾纏不休。追，追隨，糾纏。

「夜夜」二句—每個夜晚，只有歸去的夢能帶給我片刻的安慰。

千秋歲

張先

數聲鶗鴂，又報芳菲歇。惜春更把殘紅折。雨輕風色暴，梅子青時節。永豐柳，無人盡日飛花雪。

莫把幺弦撥，怨極弦能說。天不老，情難絕。心似雙絲網，中有千千結。夜過也，東窗未白凝殘月。

鶗鴂—杜鵑的別名，哀聲悽切，於春末啼叫，彷彿詔告花朵將謝盡。

殘紅—因惋惜春天，特將春末的殘花折下。

永豐柳—永豐為坊名，位在洛陽。白居易〈楊柳詞〉：「永豐東角荒園裏，盡日無人屬阿誰。」

飛花雪—此處為紛飛的柳絮。

幺弦—琵琶的第四弦，發音細小。

「天不老」二句—引用李賀〈金銅仙人辭漢歌〉：「天若有情天亦老。」

絲—雙關「思」。

江南柳

張先

隋堤遠，波急路塵輕。
今古柳橋多送別，見人分袂亦愁生。
何況自關情。

斜照後，新月上西城。
城上樓高重倚望，願身能似月亭亭。
千里伴君行。

隋堤—指汴京附近汴河一帶的堤。隋煬帝開通濟渠，在河渠旁築御道，栽種柳樹，後人稱為隋堤。

路塵—道路上飛揚的灰塵。

「今古」句—古人有折柳送別的風俗，柳諧「留」音，表示依戀之情。柳橋，泛指送別之處。

分袂—離別。

亭亭—形容高遠的樣子。

青門引

張先

乍暖還輕冷，風雨晚來方定。
庭軒寂寞近清明，
殘花中酒，又是去年病。
樓頭畫角風吹醒，入夜重門靜。
那堪更被明月，隔牆送過鞦韆影。

中酒—因酒醉而身體不爽。

畫角—彩繪的號角，古時軍中多用以警昏曉，振士氣。

重門—重重門戶。

菩薩蠻

張先

憶郎還上層樓曲，樓前芳草年年綠。
綠似去時袍，回頭風袖飄。
郎袍應已舊，顏色非長久。
惜恐鏡中春，不如花草新。

層樓—高樓，乃閨人望遠之所。

去時袍—指郎君離去時身穿的衣袍。

「**惜恐**」**二句**—可惜我鏡中的容顏也年年逐漸減色，不像芳草那樣歲歲依舊。

無題

晏殊

油壁香車不再逢，峽雲無跡任西東。
梨花院落溶溶月，柳絮池塘淡淡風。
幾日寂寥傷酒後，一番蕭瑟禁煙中。
魚書欲寄何由達？水遠山長處處同。

油壁香車—指女子所乘華麗馬車。車壁以油塗飾，故稱油壁車。
峽—巫峽。峽雲，即巫山神女典故，此處借指所戀之人。
溶溶—流動的樣子。
傷酒—指飲酒過量而不適。
禁煙—寒食節。
魚書—書信。
何由—要如何。

玉樓春

晏殊

綠楊芳草長亭路，年少拋人容易去。
樓頭殘夢五更鐘，花底離情三月雨。
無情不似多情苦，一寸還成千萬縷。
天涯地角有窮時，只有相思無盡處。

長亭路—送別的路。

年少—指思婦的「所歡」，也即「戀人」。

「一寸」句—指一寸芳心，化成了千絲萬縷，蘊含著萬千愁恨。

「天涯」句—昔人以為天涯地角是天地之盡頭，所以說是「有窮時」。

浣溪沙

晏殊

一向年光有限身，等閒離別易銷魂。酒筵歌席莫辭頻。

滿目山河空念遠，落花風雨更傷春。不如憐取眼前人。

一向——一晌，一會兒。
年光——時光。
有限身——有限的生命。
等閒別離——指尋常的離別。
銷魂——黯然傷神。
莫辭頻——不要因為次數多而推辭。
憐取——惜取，珍惜。取，語助詞。

清平樂

紅箋小字，說盡平生意。
鴻雁在雲魚在水，惆悵此情難寄。
斜陽獨倚西樓，遙山恰對簾鉤。
人面不知何處？綠波依舊東流。

晏殊

紅箋─一種精美的小幅紅紙，可用來題詩、寫信。

平生意─平生相慕相愛之意。

「鴻雁」句─古人有「雁足傳書」和「魚傳尺素」的說法，此處表明無法驅遣牠們去傳書遞簡，因此「惆悵此情難寄」。

人面不知何處─化用唐崔護〈題都城南莊〉詩：「人面不知何處去，桃花依舊笑春風。」

訴衷情

晏殊

露蓮雙臉遠山眉，偏與淡妝宜。
小庭簾幕春晚，閑共柳絲垂。
人別後，月圓時，信遲遲。
心心念念，說盡無憑，只是相思。

遠山眉—女子秀麗之眉。
宜—相稱。

信遲遲—杳無音信。

蝶戀花

晏殊

檻菊愁煙蘭泣露。羅幕輕寒，燕子雙飛去。明月不諳離恨苦，斜光到曉穿朱戶。

昨夜西風凋碧樹。獨上高樓，望盡天涯路。欲寄彩箋兼尺素，山長水闊知何處。

檻—闌干。

羅幙—即羅幕，絲羅的帷幕。

不諳—不瞭解。

朱戶—朱門，指大戶人家。

彩箋—彩色信紙。

尺素—書信的代稱。古人寫信用素絹，長約一尺，故稱尺素。

踏莎行

晏殊

祖席離歌，長亭別宴。香塵已隔猶回面。居人匹馬映林嘶，行人去棹依波轉。

畫閣魂消，高樓目斷。斜陽只送平波遠。無窮無盡是離愁，天涯地角尋思遍。

祖席—古代出行時祭祀路神叫「祖」。後來稱設宴餞別的所在為「祖席」。

長亭—旅途中的驛站。

香塵—地上落花很多，塵土都帶有香氣，因稱香塵。

棹—同「櫂」，划船的槳。長的叫櫂，短的叫楫。這裡指船。

「畫閣」二句—是說「居人」在樓閣之上遙念「行人」。

尋思—不斷思索。

木蘭花

宋祁

東城漸覺風光好，縠皺波紋迎客棹。綠楊煙外曉寒輕，紅杏枝頭春意鬧。浮生長恨歡娛少，肯愛千金輕一笑。為君持酒勸斜陽，且向花間留晚照。

「東城」句—寒神退位，春自東來，故東城得氣為先。古代春遊必出東郊，正是此意。

縠皺波紋—形容波紋細如皺紗。

棹—船槳，此指船。

煙—指籠罩在楊柳梢的薄霧。

鬧—形容春意盎然，格外生動熱鬧，境界全出。宋祁因此得「紅杏尚書」別名。

浮生—人生。

輕—輕視、不在乎。

卜算子

謝希孟

雙槳浪花平，夾岸青山鎖。
你自歸家我自歸，說著如何過？
我斷不思量，你莫思量我。
將你從前與我心，付與他人可！

思量——衡量，此作想念。
「付與」句——可以將此般心意交給他人。

夜夜曲

歐陽修

浮雲吐明月，流影玉階陰。
千里雖共照，安知夜夜心？

夜夜曲—屬樂府雜曲歌辭，多描寫思婦怨女的情懷。
流影—形容月光清柔流動。
陰—背陽處。
夜夜心—指夜夜相思之苦。

玉樓春

歐陽修

別後不知君遠近，觸目淒涼多少悶。
漸行漸遠漸無書，水闊魚沉何處問。
夜深風竹敲秋韻，萬葉千聲皆是恨。
故敧單枕夢中尋，夢又不成燈又燼。

魚沉—古人有魚雁傳書之說，魚沉謂書信不傳。

秋韻—即秋聲。此謂風吹竹聲。

敧—倚、依。

燼—火燒剩餘之物，如灰燼、燭燼。

玉樓春

歐陽修

尊前擬把歸期說，欲語春容先慘咽。
人生自是有情癡，此恨不關風與月。
離歌且莫翻新闋，一曲能教腸寸結。
直須看盡洛城花，始共春風容易別。

尊前—即樽前，餞行的酒席前。
欲語—張口欲言之際。
春容—此指別離的佳人。
離歌—尊前所演唱的離別的歌曲。
翻新闋—按舊曲填新詞。
「**直須**」二句—花有時盡，人終須別。只有飽嘗愛戀的歡娛，分別才沒有遺憾，正如同賞盡洛陽牡丹，才容易送別春風歸去。

生查子

歐陽修

去年元夜時，花市燈如晝。月上柳梢頭，人約黃昏後。
今年元夜時，月與燈依舊。不見去年人，淚溼春衫袖。

元夜—農曆正月十五夜，即元宵節，也稱上元節。唐代以來有元夜觀燈的風俗。

花市—指元夜花燈照耀的燈市。「花」乃「火樹銀花」之花。

春衫—指代年輕時的自己。

長相思

歐陽修

花似伊，柳似伊。花柳青春人別離，
低頭雙淚垂。
長江東，長江西。兩岸鴛鴦兩處飛，
相逢知幾時。

伊—第二人稱代名詞「你」。
「花柳青春」句—花柳正逢春天人卻要別離。

浪淘沙

歐陽修

把酒祝東風，且共從容。垂楊紫陌洛城東。總是當時攜手處，遊遍芳叢。

聚散苦匆匆，此恨無窮。今年花勝去年紅。可惜明年花更好，知與誰同？

把酒—端著酒杯。
祝—祈求。
東風—春風。
從容—留連之意。
紫陌—京城郊外的道路。
洛城—洛陽。
總是—大多是。
芳叢—花叢。
「可惜」句—杜甫〈九日藍田崔氏莊〉：「明年此會誰知健，醉把茱萸仔細看。」

蝶戀花

歐陽修

庭院深深深幾許。楊柳堆煙，簾幕無重數。玉勒雕鞍遊冶處，樓高不見章臺路。

雨橫風狂三月暮。門掩黃昏，無計留春住。淚眼問花花不語，亂紅飛過鞦韆去。

幾許—幾何。

楊柳堆煙—層層煙霧籠罩著楊柳。

無重數—深到數不清。

玉勒雕鞍—玉製的馬籠頭，飾有雕花的馬鞍，形容富家公子的坐騎。

遊冶—出遊尋樂。

章臺—指歌樓妓院。

橫—形容雨勢很猛。

無計—無法。

亂紅—落花。

踏莎行

歐陽修

候館梅殘，溪橋柳細。

草薰風暖搖征轡。

離愁漸遠漸無窮，迢迢不斷如春水。

寸寸柔腸，盈盈粉淚。

樓高莫近危闌倚。

平蕪盡處是春山，行人更在春山外。

候館—迎接賓客之館舍。《周禮・地官・遺人》：「五十里有市，市有候館。」

草薰—小草散發的清香。

征轡—行人坐騎的轡繩。

迢迢—形容遙遠的樣子。

寸寸柔腸—柔腸寸斷，形容愁苦到極點。

盈盈—淚水充溢眼眶之狀。

粉淚—淚水流到臉上，與粉妝和在一起。

危闌—高樓上的欄杆。

平蕪—平坦向前延伸的草地。蕪，草地。

蝶戀花

李冠

遙夜亭皋閒信步。
才過清明，漸覺傷春暮。
數點雨聲風約住，朦朧淡月雲來去。

桃杏依稀香暗度。
誰在秋千，笑裡輕輕語？
一寸相思千萬緒，人間沒個安排處。

遙夜—長夜。

亭皋—水邊的平地。

閒信步—隨意舉步，漫不經心的樣子。

「數點」句—下了幾點雨，倏忽間便停止了。

「桃杏」句—指已過桃杏盛開的花期，但餘香依稀可聞。

沒個安排處—指無處安置、安放。

西江月

司馬光

寶髻鬆鬆挽就，鉛華淡淡妝成。
青煙翠霧罩輕盈，飛絮遊絲無定。
相見爭如不見，多情何似無情。
笙歌散後酒初醒，深院月斜人靜。

寶髻—婦女頭上戴有珍貴飾品的髮髻。
鉛華—鉛粉、脂粉。
「青煙」句—青煙翠霧般的羅衣，籠罩著她輕盈的體態。
「相見」句—見後反惹相思，不如當時不見。

木蘭花

晏幾道

初心已恨花期晚，別後相思長在眼。

蘭衾猶有舊時香，每到夢回珠淚滿。

多應不信人腸斷，幾夜夜寒誰共暖。

欲將恩愛結來生，只恐來生緣又短。

初心——起初的心思。

蘭衾——被子的美稱。

夢回——夢醒。

生查子

關山魂夢長，魚雁音塵少。
兩鬢可憐青，只為相思老。
歸夢碧紗窗，說與人人道。
真個別離難，不似相逢好。

晏幾道

關山—形容路途漫長。
音塵—音訊、消息。
青—青絲，黑色的頭髮。
人人—對親近之人的暱稱。

長相思

長相思，長相思。
若問相思甚了期，除非相見時。
長相思，長相思。
欲把相思說似誰，淺情人不知。

晏幾道

長相思——長久的相思。
甚了期——何時才是了結的時候。
說似誰——說與誰、向誰說。
淺情人——薄情人。

思遠人

晏幾道

紅葉黃花秋意晚，千里念行客。
飛雲過盡，歸鴻無信，何處寄書得。
淚彈不盡臨窗滴，就硯旋研墨。
漸寫到別來，此情深處，紅箋為無色。

思遠人——由晏幾道創調，詞中有「千思念行客」句，取其意為調名。

行客——旅客。

就——趨近、靠近。

紅箋——女子寫情書用的紅色信紙。

無色——字跡墨色皆染上斑斑淚痕，漸淡不清。

清平樂

晏幾道

留人不住，醉解蘭舟去。
一棹碧濤春水路，過盡曉鶯啼處。
渡頭楊柳青青，枝枝葉葉離情。
此後錦書休寄，畫樓雲雨無憑。

蘭舟——船隻。
棹——船槳。
雲雨無憑——過去的恩愛都成虛幻。

蝶戀花

晏幾道

夢入江南煙水路。行盡江南，不與離人遇。睡裡消魂無說處，覺來惆悵消魂誤。

欲盡此情書尺素。浮雁沉魚，終了無憑據。卻倚緩弦歌別緒，斷腸移破秦箏柱。

消魂—黯然神傷。

惆悵—因失望或失意而哀傷。

尺素—書寫用之尺長素絹，借指簡短書信。素，白絹。古人為書，多寫於白絹上。

浮雁沉魚—古代詩文中常以鴻雁和魚作為傳遞書信的使者。

終了—縱了，即使寫成。

無憑據—不可靠，靠不住。

移破—移盡或移遍。

破—唐宋大曲術語。大曲十餘遍，分散序、中序、破三大段。破，猶盡也，遍也，煞也。

臨江仙

晏幾道

鬥草階前初見，穿針樓上曾逢。羅裙香露玉釵風。靚妝眉沁綠，羞臉粉生紅。

流水便隨春遠，行雲終與誰同。酒醒長恨錦屏空。相尋夢裡路，飛雨落花中。

鬥草—據《荊楚歲時記》：「五月五日，四民並踏百草。又有鬥百草之戲」。

穿針樓—七夕，女子在樓上對著牛郎織女雙星穿針，以為乞巧。

「靚妝」二句—新畫的眉間沁出了翠黛，粉臉上不禁泛起了嬌紅。

行雲句—用巫山神女「旦為朝雲，暮為行雨」，見〈高唐賦〉的典故。

臨江仙

晏幾道

夢後樓臺高鎖，酒醒簾幕低垂。
去年春恨卻來時。
落花人獨立，微雨燕雙飛。

記得小蘋初見，兩重心字羅衣。
琵琶弦上說相思。
當時明月在，曾照彩雲歸。

樓臺—指昔日朋遊歡宴之所，而今已人去樓空。

春恨—因春天的逝去而產生的一種莫名的悵惘。

卻來—又來，再來。

「落花」二句—取自唐翁宏〈春殘〉詩：「又是春殘也，如何出翠幃？落花人獨立，微雨燕雙飛。」

小蘋—本詞是別後思念歌女小蘋之作。據《小山詞．自跋》：「沈廉叔，陳君寵家有蓮、鴻、蘋、雲幾個歌女。」

「兩重」句—指詞人初見歌女小蘋時，她穿著薄羅衫子，上面繡有雙重的「心」字。

鷓鴣天

晏幾道

彩袖殷勤捧玉鍾，當年拚卻醉顏紅。

舞低楊柳樓心月，歌盡桃花扇底風。

從別後，憶相逢，幾回魂夢與君同。

今宵剩把銀釭照，猶恐相逢是夢中。

彩袖—代指穿彩衣的歌女。

玉鍾—對酒杯的美稱。

「當年」句—當年為了她甘願喝得滿臉通紅。

剩—只管。

銀釭—銀燈。

鷓鴣天

晏幾道

醉拍春衫惜舊香，天將離恨惱疏狂。
年年陌上生秋草，日日樓中到夕陽。
雲渺渺，水茫茫，征人歸路許多長。
相思本是無憑語，莫向花箋費淚行。

舊香—指往日與伊人歡樂的遺澤。
疏狂—狂放不羈的樣子。
秋草—為一年衰晚之象。
夕陽—代指一日垂暮之景。
無憑語—沒有根據的話。
花箋—信紙的美稱。

卜算子

◎送鮑浩然之浙東

王觀

水是眼波橫，山是眉峰聚。
欲問行人去那邊？眉眼盈盈處。
才始送春歸，又送君歸去。
若到江南趕上春，千萬和春住。

眼波橫—形容眼神閃動，狀如水波橫流。

眉峰聚—形容雙眉蹙皺，狀如二峰並峙。

眉眼盈盈處—一指江南清麗明秀的山水，有如女子的秀眉和媚眼。另指有著盈盈眉眼的那人。

才始—方才。

少年遊

◎潤州作

蘇軾

去年相送，餘杭門外，飛雪似楊花。今年春盡，楊花似雪，猶不見還家。

對酒捲簾邀明月，風露透窗紗。恰似姮娥憐雙燕，分明照、畫樑斜。

餘杭——今江蘇鎮江。

還家——回家。

姮娥——比喻月亮。

江城子 ◎乙卯正月二十日夜記夢

蘇軾

十年生死兩茫茫，不思量，自難忘。
千里孤墳，無處話淒涼。
縱使相逢應不識，塵滿面，鬢如霜。

夜來幽夢忽還鄉，小軒窗，正梳妝。
相顧無言，惟有淚千行。
料得年年斷腸處，明月夜，短松岡。

十年—指結髮妻子王弗去世已十年。

千里—王弗葬地四川眉山與蘇軾任所山東密州，相隔遙遠，故稱。

「塵滿面」二句—形容年老憔悴。

小軒窗—指小室的窗前。

明月夜，短松岡—蘇軾葬妻之地。

南歌子 ◎寓意

蘇軾

雨暗初疑夜，風回忽報晴。淡雲斜照著山明。細草軟沙溪路、馬蹄輕。

卯酒醒還困，仙材夢不成。藍橋何處覓雲英。只有多情流水、伴人行。

卯酒—早上喝的酒。

仙材—據說西王母說漢武帝劉徹沒有成仙資質，故郭璞詩曰：「漢武非仙材。」

「藍橋」句—唐朝裴航曾於藍橋附近巧遇雲英，結成良緣。

蝶戀花

◎春景

蘇軾

花褪殘紅青杏小。燕子飛時，綠水人家繞。枝上柳綿吹又少，天涯何處無芳草。

牆裏鞦韆牆外道。牆外行人，牆裏佳人笑。笑漸不聞聲漸悄，多情卻被無情惱。

殘紅—落花。

綠水—清澈、澄淨的水。

柳綿—柳絮。

天涯何處無芳草—原指各處皆有賞心悅目的花草，後用以比喻不必過分眷戀某些人或事物。芳草，香草，比喻女子。

多情—指牆外行人，也就是作者。

無情—指牆裡佳人。

卜運算元

李之儀

我住長江頭，君住長江尾。
日日思君不見君，共飲長江水。
此水幾時休，此恨何時已。
只願君心似我心，定不負相思意。

休—停止。
已—完結，停止。
定—此處為襯字。
思—想念，思念。

眼兒媚

王雱

楊柳絲絲弄輕柔，煙縷織成愁。
海棠未雨，梨花先雪，一半春休。
而今往事難重省，歸夢繞秦樓。
相思只在：丁香枝上，豆蔻梢頭。

弄輕柔—擺弄柔軟的柳絲。

海棠未雨—海棠常經雨而開。

梨花先雪—梨花開後如雪般潔白。

省—明白、回憶。

秦樓—秦穆公女弄玉與其夫蕭史所居之樓。此喻妻子居住之處。

豆蔻梢頭—枝頭的豆蔻花。比喻美麗夢幻的相思之情。

卜算子

黃庭堅

要見不得見，要近不得近。
試問得君多少憐，
管不解、多於恨。
禁止不得淚，忍管不得悶。
天上人間有底愁，
向個裡、都諳盡。

憐—愛。

管—包管、保證。

不解—原意為不止，此處意似「不會」。

底—什麼。

個裡—此中。

諳盡—嘗盡。諳，熟悉。

南歌子

黃庭堅

槐綠低窗暗，榴紅照眼明。
玉人邀我少留行。
無奈一帆煙雨、畫船輕。

柳葉隨歌皺，梨花與淚傾。
別時不似見時情。
今夜月明江上、酒初醒。

玉人——古代原指美男子，後亦指美貌女子。

柳葉——指眉。

梨花——形容玉顏。

「**今夜**」句——柳永〈雨霖鈴〉：「今宵酒醒何處？楊柳岸、曉風殘月。」此處暗用其意。

歸田樂引

黃庭堅

對景還消瘦，被箇人、把人調戲。我也心兒有，憶我又喚我。見我嗔我，天甚教人怎生受。

看承幸廝勾，又是尊前眉峰皺。是人驚怪，冤我忒撋就。拚了又舍了，定是這回休了，及至相逢又依舊。

箇人－意即「那人」，是宋、元之間的俗語。

調戲－捉弄、調侃的意思。

甚－真正。也是宋、元之間的俗語。

生受－消受。「怎生受」意即怎麼受得了。

看承－「特別看待」的意思。

廝勾－意為「親昵」。

是人－人人。

撋就－有遷就、溫存之意，也是詞曲中常用的方言。

「是人」二句－在一般人眼裡，個個都怪他太溫存、太遷就了。

「拚了又舍了」三句－寫男主角不得不橫下心來與她決絕，以為這一回關係一定完了，但相逢一笑又和好如初。

江城子

秦觀

西城楊柳弄春柔。動離憂，淚難收。猶記多情，曾為系歸舟。碧野朱橋當日事，人不見，水空流。

韶華不為少年留。恨悠悠，幾時休。飛絮落花時候、一登樓。便做春江都是淚，流不盡，許多愁。

弄春—謂在春日弄姿。

離憂—離別的憂思。

多情—指鍾情的人。

歸舟—返航的船。

韶華—美好的時光。常指春光。

飛絮—飄飛的柳絮。北周庾信〈楊柳歌〉：「獨憶飛絮鵝毛下，非復青絲馬尾垂。」

春江—春天的江。唐張若虛〈春江花月夜〉詩：「灩灩隨波千萬里，何處春江無月明。」

南鄉子

秦觀

妙手寫徽真，水剪雙眸點絳脣。
疑是昔年窺宋玉，東鄰，只露牆頭一半身。
往事已酸辛，誰記當年翠黛顰？
盡道有些堪恨處，無情，任是無情也動人！

妙手—技藝高超者。

寫—畫。

徽真—唐代有娼女崔徽，與裴敬中善，嘗托人寫真以寄。真，指肖像。

「水剪」二句—形容美人神采和情韻，加上水波之光，絳唇之豔，十分動人心目。

「疑是」三句—用東鄰窺宋玉的典故寫女子之美與多情，透露出所畫的是半身像。宋玉東鄰的少女常在牆頭偷看他。典出〈登徒子好色賦〉。

翠黛—畫眉所用螺黛，青黑色，以之代稱眉毛。

顰—蹙額皺眉。

堪恨—可恨。

桃源憶故人

秦觀

玉樓深鎖薄情種，清夜悠悠誰共？
羞見枕衾鴛鳳，悶即和衣擁。
無端畫角嚴城動，驚破一番新夢。
窗外月華霜重，聽徹梅花弄。

「玉樓」二句—寫丈夫外出，少婦獨處深閨之中，有被深鎖玉樓之感。薄情種，此指女子的丈夫。

清夜—寫夜晚的清冷岑寂。

悠悠—形容夜晚漫長。

羞見—怕見。

無端—沒來由，無緣無故。

嚴城—嚴通「巖」，這裡指險峻的城垣，即高城。

月華—月光。

聽徹—聽罷。

梅花弄—漢橫吹曲名，相傳據晉桓伊笛曲《三調》改編。後為琴曲，凡三疊，故稱《梅花三弄》。

滿庭芳

秦觀

山抹微雲，天連衰草，畫角聲斷譙門。
暫停征棹，聊共引離尊。
多少蓬萊舊事，空回首、煙靄紛紛。
斜陽外，寒鴉萬點，流水繞孤村。

銷魂，
當此際，香囊暗解，羅帶輕分。
謾贏得青樓、薄倖名存。

譙門—城門。
征棹—遠行的船。
引—舉。
尊—酒杯。
蓬萊舊事—男女愛情的往事。
煙靄—指雲霧。
銷魂—形容因悲傷或快樂到極點而心神恍惚不知所以的樣子。
謾—徒然。
薄倖—薄情。

此去何時見也？襟袖上、空惹啼痕。傷情處，高城望斷，燈火已黃昏。

鵲橋仙

秦觀

纖雲弄巧，飛星傳恨，
銀漢迢迢暗度。
金風玉露一相逢，便勝卻人間無數。
柔情似水，佳期如夢，
忍顧鵲橋歸路。
兩情若是久長時，又豈在朝朝暮暮。

纖雲弄巧—是說織女織造的雲錦有許多巧妙的花樣，並暗示此夕為乞巧節。

飛星傳恨—形容許多閃亮的星星彷彿都在傳遞著他們的離愁別恨。

銀漢—銀河。

迢迢—形容銀河的遼闊，牛郎織女相距之遙遠。

金風玉露—秋風白露，即指秋天。

忍顧—怎忍回顧。

朝朝暮暮—指朝夕相聚。

清平樂

趙令時

東風依舊，著意隋堤柳。

搓得鵝兒黃欲就，天氣清明時候。

去年紫陌青門，今宵雨魄雲魂。

斷送一生憔悴，能消幾個黃昏！

著意——意指東風對楊柳如此多情。

搓得鵝兒黃欲就——搓，用手掌來回揉摩，此處喻給柳樹染色。鵝兒黃，指柳色的嫩黃。

紫陌——指京城的道路。

青門——漢時長安灞城門之別名，此處借指汴京城門。

雨魄雲魂——形容愛妾死後，魂魄飄蕩，有如朝雲暮雨。

烏夜啼

◎春思

趙令時

樓上縈簾弱絮，牆頭礙月低花。
年年春事關心事，腸斷欲棲鴉。
舞鏡鸞衾翠減，啼珠鳳蠟紅斜。
重門不鎖相思夢，隨意繞天涯。

春事—指春天景色引發心中的離情別緒。

腸斷—形容悲痛之極。

舞鏡鸞衾—指被面上繪有鸞鳥照妝鏡的圖案。

翠減—翠被褪色。

啼珠—原指淚珠，這裡指蠟燭滴下來的蠟淚。

鳳蠟紅斜—指思婦深宵不寐，癡看著綴有鳳凰形象的蠟燭，直到紅淚燒殘斜墜。

重門—指屋內的門。

半死桐

賀鑄

重過閶門萬事非，同來何事不同歸。
梧桐半死清霜後，頭白鴛鴦失伴飛。
原上草，露初晞。舊棲新壟兩依依。
空牀臥聽南窗雨，誰復挑燈夜補衣。

閶門—蘇州城西門，此處代指蘇州。
何事—為何。
梧桐半死—枚乘〈七發〉：「龍門有桐，其根半生半死，斫以制琴，聲音為天下之至悲。」後以比喻喪偶之痛。
晞—乾。
新壠—新的墳墓。
依依—留戀不捨的樣子。
挑燈—挑動燈芯，使燈火更明。

石州慢

賀鑄

薄雨收寒，斜照弄晴，春意空闊。長亭柳色才黃，倚馬何人先折？煙橫水漫，映帶幾點歸鴻，平沙消盡龍荒雪。猶記出關來，恰如今時節。

將發，畫樓芳酒，紅淚清歌，頓成輕別。

薄雨—小雨。

空闊—廣闊。

平沙—廣袤的沙漠。

龍荒—指塞外荒漠。古時沙漠中有地名曰「白龍堆」，故又稱沙漠為龍沙或龍荒。

出關—出塞。關，此指河北臨城，古代為北去的關口之一。

恰如—恰恰是。

畫樓—有彩繪裝飾的華麗樓閣。

芳酒—美酒。

回首經年，杳杳音塵都絕。
欲知方寸，共有幾許新愁？
芭蕉不展丁香結。
憔悴一天涯，兩厭厭風月。

紅淚—原指泣盡而繼之以血。此處指和著胭脂的淚水。

經年—經歷很多歲月，形容時間很長。

西江月

賀鑄

攜手看花深徑，扶肩待月斜廊。
臨分少佇已悵悵，此段不堪回想。
欲寄書如天遠，難銷夜似年長。
小窗風雨碎人腸，更在孤舟枕上。

少——稍微。

悵悵——無所適從、茫然的樣子。

銷——耗盡，指長夜漫漫難以度過。

芳草渡

賀鑄

留征轡，送離杯。羞淚下，撚青梅。
低聲問道幾時回。
秦箏雁促，此夜為誰排？
君去也，遠蓬萊。千里地，信音乖。
相思成病底情懷？
和煩惱，尋個便，送將來。

「**留征轡**」二句—描寫少婦對丈夫苦苦挽留，頻頻勸飲。

「**羞淚下**」二句—描寫新婚少婦欲語還羞，低首撚梅。

秦箏—弦樂器的一種，相傳為秦人蒙恬所造。

雁—即雁柱，為箏上支弦之物。弦柱斜列有如飛雁斜行，故稱。

雁促—柱促弦急而音高。促，迫、近。

蓬萊—傳說中仙人海上所居之處，此借指丈夫去處之遙遠。

乖—分離。音信漸疏。

底—表示所有，同「的」。

尋個便—尋個方便。

青玉案

賀鑄

凌波不過橫塘路，但目送、芳塵去。
錦瑟華年誰與度？
月橋花院，瑣窗朱戶，只有春知處。
飛雲冉冉蘅皋暮，彩筆新題斷腸句。
若問閒情都幾許？
一川菸草，滿城風絮，梅子黃時雨。

凌波—形容女子細步輕盈之態。
過—蒞臨、來到的意思。
橫塘—賀鑄在蘇州築企鴻居，其地即是橫塘。
芳塵去—指美人已去。
錦瑟華年—指美好的青春時期。
月橋—像彎月似的小拱橋。
花院—花木環繞的庭院。
瑣窗—雕繪連瑣花紋的窗子。
朱戶—朱紅的大門。
冉冉—指雲彩緩緩流動。
蘅皋—長著香草的沼澤高地。
彩筆—作者自喻有寫作的才華。
斷腸句—傷感的詩句。
一川—遍地，一片。
梅子—時雨。江南一帶初夏梅熟時多連綿之雨，俗稱「梅雨」。

浣溪沙

賀鑄

雲母窗前歇繡針，低鬟凝思坐調琴。
玉纖纖按十三金，歸臥文園猶帶酒。
柳花飛度畫堂陰，只憑雙燕話春心。

低鬟凝思——形容調琴的神情。

文園——漢朝司馬相如拜為孝文園令，後人遂以文園指司馬相如。

「柳花」二句——寫臥時所見景物。

綠羅裙

賀鑄

東風柳陌長，閉月花房小。應念畫眉人，拂鏡啼新曉。

傷心南浦波，回首青門道。記得綠羅裙，處處憐芳草。

柳陌—柳林小路。

閉月—行雲遮月。

花房—花瓣的總稱。

念—想念。

畫眉人—所念之人。漢朝張敞和妻子感情很好，常替妻子畫眉。有人將此事向皇上稟報。皇帝問及此事，張敞回答替妻子畫眉有什麼值得大驚小怪的。以後稱自己的妻子或情人為畫眉人，以表相親相愛之深。

南浦—常指送別之處。

青門道—指京城門。青門，為漢長安東南門，此處指京城門。

「記得」二句—綠羅裙、芳草皆指所念之人。

踏莎行

賀鑄

楊柳回塘，鴛鴦別浦，綠萍漲斷蓮舟路。斷無蜂蝶慕幽香，紅衣脫盡芳心苦。

返照迎潮，行雲帶雨，依依似與騷人語。當年不肯嫁春風，無端卻被秋風誤。

回塘—曲折迴環的堤岸。

別浦—江河支流的水口。

「綠萍」句—因水面不甚寬廣，池塘中長滿綠色浮萍，連採蓮小舟來往的路也被遮斷了。

斷無—絕無。

「紅衣」句—紅衣，形容荷花的紅色花瓣。芳心苦，指蓮心有苦味。本句顯示女子芳華零落的心情。

返照—夕陽的返光。

潮—指晚潮。

行雲—流動的雲彩。

騷人—詩人。

嫁春風—語本李賀〈南國〉：「嫁與東風不用媒。」不肯嫁春風意指荷花獨在夏日盛開，不似桃杏一類的花在春天競放。

少年遊

周邦彥

并刀如水，吳鹽勝雪，纖手破新橙。
錦幄初溫，獸煙不斷，相對坐調笙。
低聲問：向誰行宿？城上已三更。
馬滑霜濃，不如休去，直是少人行。

「并刀」三句—刀為削果用具，鹽為進食調料，本極尋常；而并州產的刀剪特別鋒利，吳地產的鹽晶瑩雪白，點出其物之精。纖手，女子的纖纖玉手。

錦幄—錦製的帷幄。亦泛指華美的帳幕。

向誰行宿—到哪裡去住宿。誰行，誰那裡。

玉樓春

周邦彥

桃溪不作從容住，秋藕絕來無續處。
當時相候赤欄橋，今日獨尋黃葉路。
煙中列岫青無數，雁背夕陽紅欲暮。
人如風後入江雲，情似雨餘黏地絮。

「桃溪」句—用東漢劉晨、阮肇入天臺山於桃溪邊採藥遇仙事典。暗示作者曾有過一段類似的愛情遇合。

「秋藕」句—暗示彼此關係就像秋藕斷後再不能重新連接。

赤欄橋—朱漆欄杆的小橋。「黃葉路」與赤欄橋相對，點出是秋景。

岫—峰巒。

「情似」句—點出詞中所寫的執著膠固、無法解脫的癡頑之情。

浣溪沙

周邦彥

爭挽桐花兩鬢垂，小妝弄影照清池。
出簾踏襪趁蜂兒。
跳脫添金雙腕重，琵琶撥盡四弦悲。
夜寒誰肯剪春衣。

挽—挽髮。
桐花—當時女子的流行髮式。
踏襪—不忍穿鞋踩踏芳草，故著襪而出。
跳脫—手鐲。
重—手鐲金飾份量足夠，亦暗喻女子嫁作人婦。
四弦—琵琶最細的弦，即么弦。
剪春衣—裁剪春衣。

蘭陵王 ◎柳

周邦彥

柳陰直，煙裏絲絲弄碧。隋堤上、曾見幾番，拂水飄綿送行色？登臨望故國，誰識京華倦客？長亭路，年去歲來，應折柔條過千尺。

閒尋舊蹤跡。又酒趁哀弦，燈照離席。梨花榆火催寒食。愁一箭風快，半篙

柳陰直—一指時當正午，日懸中天，柳樹的陰影不偏不倚直鋪在地上。另有一種類似繪畫中透視的效果。

隋堤—指汴京附近汴河的堤，因為汴河是隋朝開的，所以稱隋堤。

拂水飄綿—摹畫出柳樹依依惜別的情態。

行色—行人出發前的景象。

長亭—古時驛路上十里一長亭，五里一短亭。亭是供人休息的地方，也是送別的地方。

閒尋蹤跡—追憶往事的意思。尋，尋思、追憶、回想的意思。

梨花榆火催寒食—寫明那次餞別

波暖，回頭迢遞便數驛。望人在天北。悽惻。恨堆積。漸別浦縈迴，津堠岑寂。斜陽冉冉春無極。念月榭攜手，露橋聞笛。沉思前事，似夢裡，淚暗滴。

的時間。寒食節在清明前一天，依舊時風俗，寒食這天禁火，節後另取新火。唐制，清明取榆、柳之火以賜近臣。「催寒食」的「催」字有歲月匆匆之感。

恨—遺憾。

別浦—大水有小口旁通叫浦，別浦也就是水流分支的地方，那裡水波迴旋。

津堠—是渡口附近的守望所。因為已是傍晚，所以渡口冷冷清清的。

暗滴—背著人獨自滴淚。

捲珠簾

魏夫人

記得來時春未暮，執手攀花，袖染花梢露。暗卜春心共花語，爭尋雙朵爭先去。

多情因甚相辜負，輕拆輕離，欲向誰分訴。淚溼海棠花枝處，東君空把奴分付。

暗卜—暗自想像。

「爭尋」句—寫少女與情人心心相印，爭先去尋並蒂雙花以證他們的愛情美滿長久。

多情—對情人的俗稱。

分訴—訴說。

虞美人

葉夢得

落花已作風前舞，又送黃昏雨。
曉來庭院半殘紅，
惟有游絲，千丈裊晴空。

殷勤花下同攜手，更盡杯中酒。
美人不用斂蛾眉，
我亦多情、無奈酒闌時。

殘紅—凋殘的花。
游絲—飄蕩在空中的蜘蛛絲。
裊—纏繞。
殷勤—情意深厚。
酒闌—酒已喝乾。闌，盡。

行香子

朱敦儒

寶篆香沉，錦瑟塵侵，
日長時、懶把金針。
裙腰暗減，眉黛長顰。
看梅花過，梨花謝，柳花新。
春寒院落，燈火黃昏。
悄無言、獨自銷魂。
空彈粉淚，難託清塵。
但樓前望，心中想，夢中尋。

寶篆—即篆字香盤。
錦瑟—繪有美麗圖案的瑟。
把—把持、握著。
金針—繡針的代稱，傳說由織女所給予。
裙腰暗減—表示人消瘦。
柳花—指柳絮。
難託清塵—與愛人難以會面。曹植〈七哀詩〉：「君若清路塵，妾若濁水泥。浮沉各異勢，會合何時諧。」此處暗用其意。

鷓鴣天

朱敦儒

曾為梅花醉不歸，佳人挽袖乞新詞。
輕紅遍寫鴛鴦帶，濃碧爭斟翡翠卮。
人已老，事皆非。花前不飲淚沾衣。
如今但欲關門睡，一任梅花作雪飛。

乞—祈求。

鴛鴦帶—男女期盼久別重逢的飾帶。

翡翠卮—翡翠做的酒杯。

生查子

周紫芝

春寒入翠帷，
月淡雲來去。
院落半晴天，
風撼梨花樹。
人醉掩金鋪，
閒倚秋千柱。
滿眼是相思，
無說相思處。

翠帷——綠色的帳子。

「院落」句——小院的天空半是雲彩，半是晴天。

金鋪——門環的底座，這裡代指門。

孤雁兒

李清照

藤床紙帳朝眠起，說不盡、無佳思。沉香斷續玉爐寒，伴我情懷如水。笛聲三弄，梅心驚破，多少春情意。

小風疏雨蕭蕭地，又催下千行淚。

藤床—藤條編織的床。
紙帳—繭紙做的帳子。
佳思—好心情。
沉香—薰香的一種。
玉爐—玉製的香爐或是香爐的代稱。
三弄—即「梅花三弄」，古代笛由名，或稱「梅花引」。
梅心驚破—指梅花聞笛而心傷。
春情意—喻指當年夫妻情深。
蕭蕭地—淅淅瀝瀝。地，語助詞。

吹簫人去玉樓空，腸斷與誰同倚。

一枝折得，人間天上，

沒個人堪寄。

吹簫人去—《列仙傳》：「蕭史者，秦穆公時人也，善吹簫，能致孔雀、白鶴於庭。穆公有女字弄玉，好之。公遂以女妻焉。」此言其夫趙明誠之去世。

腸斷—這裡形容因喪夫而悲傷之極。《世說新語・黜免》：「桓公入蜀，至三峽中，部伍中有得猿子者，其母緣岸哀號，行百餘里，不去，遂跳上船，至便即絕。破視其腹中，腸皆寸寸斷。」

「一枝折得」三句—化用陸凱〈贈范曄〉詩意。折梅相送，丈夫故去，所以說沒人堪寄。

鳳凰臺上憶吹簫

李清照

香冷金猊，被翻紅浪，
起來慵自梳頭。
任寶奩塵滿，日上簾鉤。
生怕離懷別苦，
多少事、欲說還休。
新來瘦，非於病酒，不是悲秋。
休休，

金猊—獅形銅香爐。
紅浪—紅色被鋪亂攤在床上，有如波浪。
慵—懶。
寶奩—華貴的梳妝鏡匣。

這回去也，千萬遍陽關，也則難留。
念武陵人遠，煙鎖秦樓。
惟有樓前流水，
應念我、終日凝眸。
凝眸處，從今又添，一段新愁。

也則—依舊。

陽關—語出《陽關三疊》。王維〈送元二使安西〉詩：「渭城朝雨浥輕塵，客舍青青柳色新。勸君更盡一杯酒，西出陽關無故人。」後據此詩譜成《陽關三疊》，為唐宋時的送別之曲。此處泛指離歌。

武陵人遠—沈祖棻《宋詞賞析》（上海古籍出版一九八〇年三月版）：「武陵」，在宋詞、元曲中有兩個含義：一是指陶淵明《桃花源記》中的漁夫故事；一是指劉義慶《幽明錄》中的劉、阮故事。此處借指愛人去的遠方。

煙鎖秦樓—謂獨居妝樓。秦樓，即鳳臺，相傳春秋時秦穆公女弄玉與其夫蕭史乘鳳飛升之前的住所。

聲聲慢

李清照

尋尋覓覓，冷冷清清，
淒淒慘慘戚戚。
乍暖還寒時候，最難將息。
三杯兩盞淡酒，怎敵他、晚來風急？
雁過也，正傷心，卻是舊時相識。
滿地黃花堆積，憔悴損、如今有誰堪
摘？

尋尋覓覓—意謂想把失去的一切都找回來，表現非常空虛悵惘、迷茫失落的心態。
淒淒慘慘戚戚—憂愁苦悶的樣子。
乍暖還寒—指秋天的天氣，忽然變暖，又轉寒冷。
將息—舊時方言，休養調理之意。
怎敵他—怎能抵禦。
憔悴損—如今憔悴瘦損。
堪—可。

守著窗兒，獨自怎生得黑？
梧桐更兼細雨，到黃昏、點點滴滴。
這次第，怎一個愁字了得！

獨自怎生得黑——獨自一人如何熬到天亮。
梧桐更兼細雨——暗用白居易〈長恨歌〉「秋雨梧桐葉落時」詩意。
這次第——這光景、這情形。
怎一個愁字了得——一個「愁」字怎麼能概括得盡呢？

黃金縷

司馬槱

妾本錢塘江上住，
花落花開，不管流年度。
燕子銜將春色去，紗窗幾陣黃梅雨。

斜插犀梳雲半吐，
檀板輕敲，唱徹黃金縷。
望斷行雲無覓處，夢迴明月生南浦。

「妾本」三句—寫一位風塵女子，感年光易逝，世事無常。

黃梅雨—此指綿綿細雨。

犀梳—半圓形的犀角梳子。

雲半吐—描寫半圓形的犀角梳子，斜插在鬢雲邊，彷彿明月從烏雲中半吐出來。

檀板—即拍板。

黃金縷—即〈蝶戀花〉調的別名，以馮延巳〈蝶戀花〉詞中有「楊柳風輕，展盡黃金縷」而得名。

行雲—指情人。

南浦—泛指離別地點。

沈園二首【其二】

陸游

城上斜陽畫角哀，沈園非復舊池臺。

傷心橋下春波綠，曾是驚鴻照影來。

畫角—古管樂器名，軍中用以警戒、振奮、傳令、指揮之物。

沈園—位於浙江紹興，陸游與唐琬離婚後，曾於此處重逢。此詩作於陸游七十五歲，不禁感慨人事已非。

驚鴻—典自《文選．曹植．洛神賦》：「其形也，翩若驚鴻，婉若遊龍。」比喻女子的體態輕盈，此指唐琬。

春遊

陸游

沈家園裏花如錦，半是當年識放翁。
也信美人終作土，不堪幽夢太匆匆。

春遊—作於陸游八十五歲，此時再訪沈園，已經數度易主，物事人非。

半是當年識放翁—陸游字放翁，曾與唐琬在沈園重逢。

卜算子

陸游

驛外斷橋邊，寂寞開無主。已是黃昏獨自愁，更著風和雨。

無意苦爭春，一任群芳妒。零落成泥碾作塵，只有香如故。

驛—驛站。
無主—不屬於任何人。
更著—又加上。
苦—苦苦地、努力。
一任—任憑。
群芳—普通的花。

釵頭鳳

陸游

紅酥手，黃縢酒，滿城春色宮牆柳。
東風惡，歡情薄。
一懷愁緒，幾年離索。
錯、錯、錯！
春如舊，人空瘦，淚痕紅浥鮫綃透。
桃花落，閒池閣。
山盟雖在，錦書難託。

釵頭鳳—詩人陸游早年與表妹唐琬喜結連理，婚後二人生活美滿，孰料唐琬沒有得到婆母的歡心，最終和陸游分離，改嫁他人。多年之後，陸游在沈園邂逅唐琬夫婦，唐琬為他送來酒菜，陸游「悵然久之，為賦〈釵頭鳳〉一詞。」

紅酥手—描寫唐琬紅潤細軟的雙手。

黃縢—此處指美酒。宋代官酒以黃紙為封，故以黃封代指美酒。

宮牆—南宋以紹興為陪都，此指某一段圍牆，故有宮牆之說。

東風—喻指陸游的母親。

離索—離群索居。

浥—濕潤。

鮫綃—神話傳說鮫人所織的綃，極薄，後用以泛指薄紗，這裡指手帕。綃，生絲織物。

莫ㄇㄛˋ、莫ㄇㄛˋ、莫ㄇㄛˋ！

池閣—池上的樓閣。
山盟—指對山立盟，指海起誓。
錦書—寫在錦上的書信。
莫—相當於今「罷了」。

釵頭鳳

唐琬

世情薄，人情惡，雨送黃昏花易落。曉風乾，淚痕殘。欲箋心事，獨語斜闌。難，難，難！

人成各，今非昨，病魂常似鞦韆索。角聲寒，夜闌珊。怕人尋問，咽淚裝歡。瞞，瞞，瞞！

「世情」三句—世情淡薄，人情險惡，在風雨黃昏之中，花兒更易凋落。

箋—寫出。

斜闌—指欄杆。

「病魂」句—描寫精神恍惚，似飄蕩不定的鞦韆索。

夜闌珊—夜將盡。

霜天曉角

范成大

晚晴風歇，一夜春威折。
脈脈花疏天淡，
雲來去、數枝雪。
勝絕，愁亦絕，此情誰共說？
惟有兩行低雁，
知人倚、畫樓月。

春威——春寒凜冽的威力。

脈脈——形容梅花含情不語的樣子。

數枝雪——數枝白梅如雪。

絕——到極點。

元夜

朱淑真

火燭銀花觸目紅，揭天鼓吹鬧春風，
新歡入手愁忙裡，舊事驚心憶夢中。
但得暫成人繾綣，不妨常任月朦朧，
賞燈那得費工夫，未必明年此會同。

元夜—元宵節，農曆一月十五。

火燭銀花—描寫一片燈光燦爛的熱鬧之景。

但得—只要。

人繾綣—情人相會，難分難捨。

那得—哪裡會、怎會。

「未必明年」句—未必明年也能相會，應把握相聚時光。

看花

朱淑真

欲向花邊繾舊愁，對花無語只成羞。

春光縱好雖歸去，誰伴幽人著意留。

繾—情意難捨。

著意—為了春光而刻意停駐在此，然春光終將離去。

秋夜

朱淑真

夜久無眠秋氣清，燭花頻剪欲三更。

舖床涼滿梧桐月，月在梧桐缺處明。

清——寂靜。

燭花頻剪——剪去燃燒過的燭芯。

梧桐——帶有孤獨憂愁的含意。

秋夜牽情

朱淑真

纖纖新月掛黃昏，人在幽閨欲斷魂。
箋素折封還又改，酒杯慵舉卻重溫。
燈花占斷燒心事，羅袖長供挹淚痕。
益悔風流多不足，須知恩愛是愁根。

纖纖—尖細，形容新月彎彎。
箋素—素色信箋。
重溫—重新加熱。
「**燈花**」句—燈花結原為喜兆，卻更引發作者喜事難圓之愁，故云「燒心事」。
挹—此處指以長袖擦乾淚水。
益—更加。
愁根—情愁怨恨的根源。

菩薩蠻

朱淑真

山亭水榭秋方半，鳳帷寂寞無人伴。
愁悶一番新，雙蛾只舊顰。
起來臨繡戶，時有疏螢度。
多謝月相憐，今宵不忍圓。

水榭—臨水的樓臺。
鳳幃—閨中的帷帳。
顰—因憂愁而皺眉。
疏螢度—流螢飛過。
相憐—憐惜我。

青玉案 ◎元夕

辛棄疾

東風夜放花千樹，更吹落、星如雨。寶馬雕車香滿路。鳳簫聲動，玉壺光轉，一夜魚龍舞。

蛾兒雪柳黃金縷，笑語盈盈暗香去。眾裡尋他千百度。驀然回首，那人卻在，燈火闌珊處。

元夕—農曆正月十五日為上元節，此夜稱元夕或元夜。

「**東風**」句—形容元宵夜花燈繁多。花千樹，花燈之多如千樹開花。

星如雨—指焰火紛紛，亂落如雨。

「**鳳簫**」句—指笙、簫等樂器演奏。

玉壺—比喻明月。

魚龍舞—指舞動魚形、龍形的彩燈，如魚龍鬧海一樣。

「**蛾兒**」句—寫元夕的婦女裝飾。蛾兒、雪柳、黃金縷，皆古代婦女元宵節時頭上佩戴的裝飾品。這裡指盛裝的婦女。

暗香—本指花香，此指婦女身上散發的香氣。

千百度—千百遍。

驀然—猛然。

闌珊—零落稀疏的樣子。

南歌子

萬萬千千恨，前前後後山。
傍人道我轎兒寬。
不道被他遮得，望伊難。
今夜江頭樹，船兒繫那邊。
知他熱後甚時眠？
萬萬不成眠後，有誰扇。

辛棄疾

傍—同「旁」。

伊—指情人。

熱後—與下句「眠後」的「後」，均為語助詞，與「啊」意同。

萬萬—絕對、斷然。

祝英臺近 ◎晚春

辛棄疾

寶釵分，桃葉渡。煙柳暗南浦。
怕上層樓，十日九風雨。
斷腸片片飛紅，都無人管，
倩誰喚、流鶯聲住。
鬢邊覷，試把花卜歸期，才簪又重數。
羅帳燈昏，嗚咽夢中語。
是他春帶愁來，春歸何處？
卻不解、將愁歸去。

寶釵分—古時分釵作為離別紀念，南宋猶盛此風。釵，女子頭飾物。
桃葉渡—在南京秦淮河與青溪合流之處。這裡泛指男女送別之處。
南浦—水邊，泛指送別的地方。
斷腸—形容悲傷到極點。
飛紅—飄落的花瓣。
鬢邊覷—斜視鬢邊所插之花。覷，細看，斜視之意。
把花卜歸期—用花瓣的數目，占卜丈夫歸來的日期。
簪—作動詞用，意思是戴簪。
羅帳—古代床上的紗幔。
「是他」三句—是春天把一切憂愁都帶來，如今春天要回到哪裡？此是思婦夢中語。

憶秦娥

高觀國

棲烏驚，隔窗月色寒於冰。
寒於冰，澹移梅影，冷印疏欞。
幽香未覺魂先清，無端勾起相思情。
相思情，惱人無睡，直到天明。

棲烏—棲在樹上的烏鴉。
澹移—月色推移下的梅影疏淡不清。
疏欞—欞，長木。稀疏的枝頭。
覺—感知到花香。

唐多令

吳文英

何處合成愁？離人心上秋。縱芭蕉、不雨也颼颼。都道晚涼天氣好，有明月、怕登樓。

年事夢中休，花空煙水流。燕辭歸、客尚淹留。垂柳不縈裙帶住，漫長是、繫行舟。

心上秋——「心」上加「秋」字，即合成「愁」字。

颼——形容風雨的聲音。這裡指風吹蕉葉之聲。

年事——指歲月。

「燕辭歸」句——曹丕〈燕歌行〉：「群燕辭歸鵠南翔，念君客游多思腸。慊慊思歸悉故鄉，君何淹留寄他方。」此用其意。客，作者自指。

淹留——停留。

縈——旋繞，糸住。

裙帶——指燕，指別去的女子。

漫——空。

一剪梅 ◎懷舊

汪元量

十年愁眼淚巴巴。今日思家，明日思家。一團燕月照窗紗。樓上胡笳，塞上胡笳。

玉人勸我酌流霞。急捻琵琶，緩捻琵琶。一從別後各天涯。欲寄梅花，莫寄梅花。

燕月—燕州之月，表達作者身處異地十年。

胡笳—漢代流行於塞北和西域一帶，是漢、魏鼓吹樂中的主要吹管樂器。因最初為胡人捲蘆葉吹之以作樂，故稱為「胡笳」。

流霞—一種仙酒，後比喻為飲酒。

捻—彈奏琵琶。

行香子 ◎舟宿蘭灣

蔣捷

紅了櫻桃。綠了芭蕉。送春歸、客尚蓬飄。昨宵穀水，今夜蘭皋。奈雲溶溶，風淡淡，雨瀟瀟。

銀字笙調，心字香燒。料芳悰、乍整還凋。待將春恨，都付春潮。過窈娘堤，秋娘渡，泰娘橋。

蘭灣—地名。

蓬飄—形容客子如蓬草般飄轉不定。

穀水—河名。

蘭皋—即指蘭灣。

銀字笙—即笙，銀字為樂器上認高音的標識。

心字香—香名，用香末燒成，作成心形。

芳悰—指妻子的美好情懷。悰，心情。

窈娘堤—與秋娘渡，泰娘橋均為地名。

月兒彎彎照九州

佚名

月兒彎彎照九州，幾家歡樂幾家愁。

幾家夫婦同羅帳，幾個飄零在外頭？

九州——指中國全境。

陽春曲

王伯成

多情去後香留枕，
好夢迴時冷透衾。
悶愁山重海來深，
獨自寢，夜雨百年心。

多情—指多情的人。元代用做情人的代稱，多指女性。

海來深—即海樣深、海般深。「來」為語中襯字，無意義。

【卷六】

金元

摸魚兒·雁丘詞

元好問

泰核五年乙丑歲赴試并州，道逢捕雁者云：「今旦獲一雁，殺之矣。其脫網者悲鳴不能去，竟自投於地而死。」予因買得之，葬之汾水之上，壘石為識，號曰「雁丘」。同行者多為賦詩，予亦有〈雁丘辭〉。舊所作無宮商，今改定之。

問世間，情為何物？直教生死相許。天南地北雙飛客，老翅幾回寒暑。歡樂趣，離別苦，就中更有癡兒女。君應有語：

無宮商—沒有配合音樂。

世間—人世間、世界上。

天南地北—比喻距離很遠。

老翅—鳥類及昆蟲的翼，通常用來飛行。

寒暑—冬、夏兩個季節。泛指歲月。

就中—其中。

渺萬里層雲，千山暮雪，隻影為誰去。
橫汾路，寂寞當年簫鼓，荒煙依舊平楚。
招魂楚些何嗟及，山鬼自啼風雨。
天也妒，未信歟、鶯兒燕子俱黃土。
千秋萬古，為留待騷人，
狂歌痛飲，來訪雁丘處。

橫汾路—汾河岸，當年漢武帝巡幸處，帝王遊幸歡樂的地方。

簫鼓—用排簫與鼓合奏，一般也用作儀仗音樂，有時樂工可以坐在鼓車中演奏。

楚些—楚辭招魂中多以「些」為句末助詞。如：「魂兮歸來，南方不可以止些。」後以楚些為楚辭或招魂的代稱。

風雨—《詩經．鄭風》篇名。共三章。根據詩序：「風雨，思君子也。亂世則思君子不改其度焉。」或亦指男女幽會之詩。首章二句為：「風雨淒淒，雞鳴喈喈。」

未信—不相信大雁如鶯兒、燕子般平凡死去。

一半兒

王和卿

將來書信手拈著，
燈下姿姿觀覷了，兩三行字真帶草。
提起來越心焦，一半兒絲撏一半兒燒。

將來—拿來，帶來。
姿姿—「孜孜」的諧音，專心的樣子。
覷—看。
草—因心急而書寫潦草不清。
絲撏—撕扯。

沉醉東風

關漢卿

憂則憂鸞孤鳳單，愁則愁月缺花殘。

愁則愁俏冤家，害則害誰曾慣。

瘦則瘦不似今番。

恨則恨孤幃繡衾寒，怕則怕黃昏到晚。

則—只是。

今番—這一次。

幃—帳。

衾—被子。

憑闌人

姚燧

欲寄君衣君不還，
不寄君衣君又寒。
寄與不寄間，
妾身千萬難。

憑闌—倚著闌干遠望。

君衣—遠行在外者冬天禦寒的衣服。

還—回家。

壽陽曲

雲籠月，風弄鐵，
兩般兒助人淒切。
剔銀燈欲將心事寫，
長吁氣一聲吹滅。

盧摯

壽陽曲

磨龍墨，染兔毫，
倩花箋欲傳音耗。
真寫到半張卻帶草草，
敘寒溫不知個顛倒。

馬致遠

倩——請人代為做事。
音耗——音信，消息。
寒溫——冷暖。

十二月過堯民歌

王實甫

自別後遙山隱隱，更那堪遠水粼粼。
見楊柳飛綿滾滾，對桃花醉臉醺醺。
透內閣香風陣陣，掩重門暮雨紛紛。
怕黃昏不覺又黃昏，
不銷魂怎地不銷魂。
新啼痕壓舊啼痕，斷腸人憶斷腸人。
今春香肌瘦幾分，縷帶寬三寸。

粼粼—形容水明淨清澈。
「楊柳」句—形容柳絮不揚。
「對桃花」句—醺醺，形容醉態很濃。暗用崔護「去年今日此門中，人面桃花相映紅」的語意。
內閣—深閨，內室。
重門—庭院深處之門。
暮雨—指傍晚下的雨。
紛紛—形容雨之多。
怕黃昏—黃昏，容易引起人們寂寞孤獨之感。
斷腸人—悲愁到了極點的人。
「香肌瘦」二句—形容為離愁而憔悴、消瘦。
縷帶—用絲紡織的衣帶。

折桂令

鄭光祖

半窗幽夢微茫，
歌罷錢塘，賦罷高塘。
風入羅幃，爽入疏櫺，月照紗窗。
縹緲見梨花淡汝，依稀聞蘭麝餘香。
喚起思量，待不思量，怎不思量。

歌罷錢塘—用南齊錢塘名妓蘇小小的故事。《春渚紀聞》記載她的〈蝶戀花〉詞「妾本錢塘江上住，花落花開，不管流年度」之句。錢塘，即杭州，曾為南宋都城，古代歌舞繁華之地。

賦罷高唐—高唐，戰國時楚國臺館名，在古雲夢澤中。相傳楚懷王遊高唐，夢見巫山神女與其歡會，見宋玉〈高唐賦〉。

羅帷—用細紗做的帳子。

疏櫺—稀疏的窗格。

縹緲—隱約、彷彿。

梨花淡汝—形容女子裝束素雅，像梨花一樣清淡。

依稀—彷彿。

蘭麝—蘭香與麝香，均為名貴的香料。

我儂詞

管道昇

你儂我儂，忒煞情多，
情多處熱似火。
把一塊泥，捻一個你，塑一個我。
將咱兩個一起打破，用水調合。
再捻一個你，再塑一個我。
我泥中有你，你泥中有我。
與你生同一個衾，死同一個槨。

你儂我儂—「儂」是江浙一帶方言，此句前一「儂」字是「我」的意思，後一「儂」字是「你」的意思，「你儂我儂」即「你和我，我和你」之意。

忒煞—這麼樣的。有驚訝超出常態之意。

情多—多情。

捻—同捏。

塑—捏泥製作人物。

槨—棺材外面的套棺。

折桂令

張可久

剔殘燈數盡寒更，
自別了鴛鴦，誰更卿卿？
竹影疏櫺，蛩聲廢井，桂子閒庭。
淹淚眼羞看畫屏，
瘦人兒不似丹青。
盼殺多情，遠信休憑，好夢難成。

蛩聲——蟋蟀的鳴聲。

羞——怕。

丹青——畫。

殺——死。有極甚的意思。

清江引

徐再思

相思有如少債的，每日相催逼。
常挑著一擔愁，准不了三分利。
這本錢見他時才算得。

少債的——欠債的。
一擔愁——形容愁思沉重。一擔，元時市語，形容重。
准——償還，抵償。
利——利息。

折桂令 ◎春情

蔣捷

平生不會相思，才會相思，便害相思。身似浮雲，心如飛絮，氣若遊絲。空一縷餘香在此，盼千金遊子何之。證候來時，正是何時？燈半昏時，月半明時。

平生—生平，一生。

相思—彼此想念。多指男女戀愛相思慕。

身似浮雲—形容身體虛弱，走路暈暈乎乎，搖搖晃晃，像飄浮的雲一樣。

飛絮—輕盈飄揚的柳絮。

餘香—留下的香氣。古時男人也喜佩香囊。

千金遊子—富家子弟。

何之—往哪裡去了。

證候—即症候，此處指相思的痛苦。

江城子

窗前翠影濕芭蕉，
雨瀟瀟，思無聊。
夢入故園，山水碧迢迢。
依舊當年行樂地，
香徑杳，綠苔饒。
沉香火底坐吹簫，
憶妖嬈，想風標。

倪瓚

雨瀟瀟－小雨飄瀟。
思無聊－神思恍惚百無聊賴。
故園－故鄉的園林。
行樂地－歡樂聚會的場所。
香徑－花間小路。
饒－豐饒。
風標－風度與品格。

同步芙蓉，花畔赤闌橋。
漁唱一聲驚夢覺，
無覓處，不堪招。

同步芙蓉—攜手同行在荷花池畔。
「無覓處」二句—指成空的往事已無從尋覓，也不堪相招。

叨叨令

不思量尤在心頭記，越思量越恁地添憔悴。
香羅帕搵不住腮邊淚，幾時節笑吟吟成了鴛鴦配。
兀的不盼殺人也麼哥。兀的不盼殺人也麼哥。
咱兩個武陵溪畔曾相識。

無名氏

尤—此處同「猶」。

恁地—宋元口語，如此、這般之意。

搵—揩拭。

鴛鴦配—比喻夫妻。

兀的不—這豈不。

武陵溪—晉代陶淵明〈桃花源記〉所描寫之樂土，此處指作者與戀人初識之地。

【卷七】

明朝

越歌

宋濂

戀郎思郎非一朝，
好似并州花剪刀。
一股在南一股北，
幾時裁得合歡袍？

并州—古地名，今山西太原市一帶，以產剪刀聞名，古代詩人多有題詠。

合歡袍—婚服，其上繡有具象徵意義的花鳥蟲魚之成雙圖案。

吳歌

劉基

儂做春花正少年，郎做白日在青天。

白日在天光在地，百花誰不願郎憐。

承郎顧盼感郎憐，准擬歡愉到百年。

明月比心花比面，花容美滿月團圓。

少年—年輕。

憐—愛。

准擬—預料，定會。

折桂令◎相思

蘭楚芳

可憐人病裡殘春，
花又紛紛，雨又紛紛。
羅帕啼痕，淚又新新，恨又新新。
寶髻鬆風殘楚雲，玉肌消香褪湘裙。
人又昏昏，天又昏昏，月又昏昏。

病裡殘春—在殘春時節可害相思病。

寶髻鬆風—挽束在頭頂的髮髻在風中散亂。

玉肌消香—形容清瘦香消玉減。

褪—卸下衣裝。

少年遊

馬洪

弄粉調脂，梳雲掠月，次第曉妝成。
鸚鵡籠邊，秋千牆裡，半晌不聞聲。
原來卻在瑤階下，獨自踏花行。
笑摘朱櫻，微揎翠袖，枝上打流鶯。

弄粉調脂—指婦女塗抹脂粉，整容打扮。

梳雲掠月—指婦女梳妝。「雲」指髮髻之形，「月」喻婦女容貌。

次第—轉眼，頃刻。

曉妝—即曉霞妝。用胭脂敷臉，如朝霞散開的樣子。

瑤階—玉色台階。

朱櫻—深紅色的櫻桃。古代視為珍果。

揎—挽起。

流鶯—鳴聲圓囀的黃鶯。

卜算子

聶大年

粉淚濕鮫綃，只恐情郎薄。
夢到巫山第幾重，酒醒燈花落。
數日尚春寒，未把羅衣著。
眉黛含顰為阿誰，但悔從前錯。

鮫綃—手絹，羅帕。

巫山夢—用以比喻男女合歡。

眉黛含顰—形容美女眉頭微蹙的情態。顰，皺眉。

阿誰—那個人。

一剪梅

唐寅

雨打梨花深閉門，
忘了青春，誤了青春。
賞心樂事共誰論？
花下銷魂，月下銷魂。

愁聚眉峯盡日顰，
千點啼痕，萬點啼痕。
曉看天色暮看雲，
行也思君，坐也思君。

「雨打」句—借用李煜〈憶王孫〉詞「欲黃昏，雨打梨花深閉門」句，比喻閨中美人幽居，青春遲暮。

賞心樂事—心中覺得歡樂暢快的事。

銷魂—黯然神傷。

「愁聚」句—意為整日眉頭皺蹙如黛峰聳起。

啼痕—淚痕。

妒花

唐寅

昨夜海棠初著雨，數朵輕盈嬌欲語。

佳人曉起出蘭房，折來對鏡化紅妝。

問郎花好奴顏好？郎道不如花窈窕。

佳人見語發嬌嗔，不信死花勝活人。

將花揉碎擲郎前，請郎今日伴花眠！

雨——海棠遇雨而開。

蘭房——閨房之美稱。

窈窕——幽靜美好。

嬌嗔——女子撒嬌；嬌媚地假裝生氣或表示責怪。

鷓鴣天 ◎秋雁

文徵明

萬里南來道路長，更將秋色到衡陽。
江湖滿地皆矰繳，何處西風有稻粱。
隨落日，渡清湘，晚鴉衝突不成行。
相呼莫向南樓過，應有佳人惱夜涼。

「**更將**」句—將，攜帶。衡陽，指今年衡陽雁回峰，相傳雁南飛到此而回北。
「**江湖滿地**」二句—到處布滿殺機，大雁隨時可能遭難。矰繳，繫以絲繩用來射鳥的短箭。稻粱，指大雁的食物。
清湘—清澈的湘江水。
「**晚鴉**」句—歸巢的晚鴉橫衝直撞，使得雁陣七零八落。
南樓—泛指閨閣。

送別曲

謝榛

郎君幾載客三秦，好憶儂家漢水濱。

門外兩株烏柏樹，叮嚀說與寄書人。

三秦—秦亡後，項羽三分秦故地關中。此處泛指今陝西一帶。

好—此處意為「最」。

儂家—女子自稱。

烏柏樹—樹形優美，枝幹遒勁。

水仙子

薛論道

西風吹妾妾衣單，君戍蕭關君自寒。知他定把寒衣盼，提起來心上煩。舊征衣再補重翻，剪刀動，心先慟。針線拈，淚已殘。寄一年一損愁顏。

單——單薄。
蕭關——古關名，故址在今寧夏。
寒衣——冬衣。
慟——十分悲痛的樣子。

竹枝詞

王叔承

月出江頭半掩門，待郎不至又黃昏。
深夜忽聽巴渝曲，起剔殘燈酒尚溫。

巴渝曲——指《竹枝詞》。
溫——因期待良人歸來，反覆溫酒。

阮郎歸

湯顯祖

不經人事意相關，牡丹亭夢殘。

斷腸春色在眉彎，倩誰臨遠山？

排恨疊，怯衣單，花枝紅淚彈。

蜀妝晴雨畫來難，高唐雲影間。

牡丹亭－本詞出自《牡丹亭》第十四齣〈寫真〉。

倩－請人代為做事。

衣單－春衣單薄。

花枝－美女的代稱。

高唐－戰國時楚國臺觀名，在雲夢澤中。傳說楚襄王遊高唐，夢見巫山神女，幸之而去。後借指男女幽會之所。

蝶戀花

湯顯祖

忙處拋人閒處住，百計思量，沒箇為歡處。白日消磨腸斷句，世間只有情難訴。

玉茗堂前朝復暮，紅燭迎人，俊得江山助。但是相思莫相負，牡丹亭上三生路。

玉茗堂—湯顯祖住處名稱。後人將湯的四部經典作品：牡丹亭、紫釵記、南柯夢、邯鄲記合稱玉茗堂四夢，也作臨川四夢。

三生—佛教用語，三輩子即過去、現在、未來。

無題

馮小青

冷雨幽窗不可聽，挑燈閑看牡丹亭。
人間亦有痴於我，豈獨傷心是小青。

牡丹亭—為明朝湯顯祖所作，又名《還魂記》，描寫了大家閨秀杜麗娘和書生柳夢梅的生死之戀。
「豈獨傷心」句—牡丹亭的故事強烈引發當代女子對於婚姻不幸、無法自主的悲鳴。

浣溪沙

施紹莘

半是花聲半雨聲，夜分淅瀝打窗櫺。
薄衾單枕一人聽。
密約不明渾夢境，佳期多半待來生。
淒涼情況是孤燈。

花聲—風吹花枝擺動的聲音。
夜分—夜半。

秦淮花燭詞

錢謙益

寶鏡臺前玉樹枝，綺疏朝日曉妝遲。
夢回五色江郎筆，一夜生花試畫眉。

玉樹枝—形容才貌之美。
綺疏—即綺窗，窗戶上的鏤空花紋，或指鏤花的窗格。
江郎筆—《南史・江淹傳》載，梁代江淹夜夢自稱郭璞者索其懷中五色彩筆。
生花—傳說李白少時曾筆頭生花。
畫眉—《漢書・張敞傳》載張敞為妻畫眉的故事。

菩薩蠻◎送春

倪撫

年年白放春歸去，無端又是風和雨。

倦態不成妝，春宵恨轉長。

一燈紅夜午，城上聞更鼓。

魚鑰鎖雙扉，愁他夢裡長。

一燈紅夜午——夜深燈光仍然明亮。

魚鑰——作成魚形的門鎖。寓魚不閉目，可日夜守護的意思。

少年遊　◎春情

陳子龍

滿庭清露浸花明，攜手月中行。
玉枕寒深，冰綃香淺，無計與多情。
奈他先滴離時淚，禁得夢難成。
半晌歡娛，幾分憔悴，重疊到三更！

「玉枕寒深」二句—玉枕，飾玉的枕頭。冰綃，白色絲帕。

禁得—難以抵受、難耐。

時尚急催玉

青山在，綠水在，冤家不在。
風常來，雨常來，書信不來。
災不害，病不害，相思常害。
春去愁不去，花開悶不開。
倚定著門兒，手托著腮兒，
我想我的人兒，淚珠兒汪汪滴，
滿了東洋海，滿了東洋海。

民歌

冤家——本意為仇人，死對頭，舊時暱稱所愛的人，是愛極的反語。

相思常害——即常害相思病之意。

山歌

民歌

不寫情詞不寫詩，一方素帕寄心知。
心知接了顛倒看，橫也絲來豎也絲，
這般心事有誰知？

素帕—白色絲織手帕。
心知—知己，知心人。
橫也絲來豎也絲—用「絲」與「思」的諧音，隱喻著思念對方。

桂枝兒

民歌

罷了，罷了，難道就罷了？
死一遭，活一遭，死活只這一遭！
盡著人將我倆個千騰萬倒，
做鬼須做風流鬼，上橋須上奈何橋。
奈何橋上若得和你攜手同行也，
不如死了倒也好！

盡著人—「盡」在此處為任憑之意，盡著人即任憑別人。

千騰萬倒—意為千萬種折磨和打擊。

奈何橋—傳説此橋被認為是陽間與陰間的分界線。

吳歌

民歌

送郎八月到揚州，長夜孤眠在畫樓。
女子拆開不成好，秋心合著卻成愁。

揚州─今江蘇揚州市。明代為繁華的商業都會。
「女子」句─「好」由女和子構成，拆開即不成「好」，寓男女分離不好之意。
「秋心」句─「愁」由秋和心構成，句意謂清秋撩人愁思。

桂枝兒

手執著課筒兒深深下拜，
戰兢兢止不住淚滿腮，
祝告他姓名兒，我就魂飛天外。
一問他好不好，
二問他來不來，
還要問一問終身也，
他情性兒改不改？

民歌

課—占卜以測吉凶的一種方式。如起課、金錢課等。

祝告—向神明祈禱。

終身—「終」為最後、結束、末了之意。此處指一生的遭遇和命運，一般為女子自指。

桂枝兒

俏冤家，我別你三冬後，
擁衾寒，挨漏永，數盡更籌。
叫著你小名兒低低咒：
咒你那薄倖賊，咒你那負心囚。
疼在我心間也，捨不得咒出口。

民歌

三冬—冬季，也指冬季的第三個月，即陰曆十二月。也指三個冬天，即三年。此處解作三年為佳。
漏—古代的計時器，此處指時間。
更籌—古代夜間計時報更的竹籤。

入山看見藤纏樹

民歌

入山看見藤纏樹，出山看見樹纏藤。
藤死樹生纏到死，樹死藤生死亦纏！

藤—蔓生植物名，如白藤、紫藤。
纏—牽絆、圍繞。

琴河感舊【四首選一】

吳偉業

休將消息恨層城，猶有羅敷未嫁情。
車過捲簾徒悵望，夢來褍袖費逢迎。
青山憔悴卿憐我，紅粉飄零我憶卿。
記得橫塘秋夜好，玉釵恩重是前生。

羅敷—此處借指卞玉京，卞為當代名妓，兩人互相傾心未果，多年仍未重逢，故做此詩。

車過捲簾—引用唐朝韓翃與妻柳氏隔著車簾相望的典故。

「青山」二句—在此分別借指兩人歷經時代變故，飄零不幸。

臨江仙◎逢舊

吳偉業

落拓江湖常載酒，十年重見雲英。
依然綽約掌中輕。
燈前纔一笑，偷解砑羅裙。
薄倖蕭郎憔悴甚，此生終負卿卿。
姑蘇城上月黃昏。
綠窗人去住，紅粉淚縱橫。

逢舊—與舊時情人重逢。

「落拓」句—語出杜牧〈遣懷〉：「落魄江湖載酒行，楚腰纖細掌中輕。」落拓，潦倒失意。

雲英—唐裴鉶《傳奇》記秀才裴航至藍橋，渴而求飲，遇仙女雲英，遂求得玉杵臼以娶之。此處代指明末清初江南名妓卞玉京。

綽約—意指女子姿態柔美。

掌中輕—相傳漢成帝皇后趙飛燕能作掌上舞，「掌中輕」用以形容女子體態輕盈。

砑羅裙—用砑光羅裁製的裙子。砑光，用石碾壓布帛、紙類使之光亮結實。

蕭郎—原指梁武帝蕭衍，後用來指稱女子愛憐的男子。

綠窗—綠色紗窗。

去住—去留難定，難分難捨之意。

【卷八】

清朝

浣溪沙　◎芳草

宋琬

乍暖猶寒二月天，玉樓長抱博山眠。
沉香火冷少人添。
殘雪才消春鳥哢，畫闌干外草芊綿。
幾時青得到郎邊？

「乍暖」句—點明正是令人「最難將息」的早春季節，身體不適，心神亦茫然無著。

博山—形如海中博山的一種香爐，下有盤可貯熱水，使潤氣蒸香。

沉香—一種香料，用沉水木芯製作。

哢—鳥鳴聲。

芊綿—形容草木繁茂。

「幾時」句—從五代詞人牛希濟「記得綠羅裙，處處憐芳草」化出，改以問句出之。

醉花間 ◎春閨

吳綺

思時候，憶時候，時與春相湊。

把酒祝東風，種出雙紅豆。

鴉啼門外柳，逐漸教人瘦。

花影暗窗紗，最怕黃昏又。

相湊—相合。

紅豆—一種植物，古人常用以象徵愛情或相思。

人瘦—指形容憔悴。

最怕黃昏又—又，再。語出李清照〈聲聲慢〉：「梧桐更兼細雨，到黃昏點點滴滴。這次第，怎一個、愁字了得！」

裁衣曲

毛先舒

剪征衣，親手作，
君身長短何須度。
肥瘦定然不如昨。
新衣為君裁，舊淚為君落。
還將銅斗細熨灼。
莫使衣上沾猩紅，君見淚痕不肯著。

度——度量、衡量。

熨灼——熨燙衣服使之平整。

猩紅——像猩猩血的鮮豔紅色。代指淚痕。

長相思 ◎採花

丁澎

郎採花，妾採花。
郎指階前姊妹花。
道儂強似它。
紅薇花，白薇花。
一樹開來兩樣花。
勸郎莫似它。

姊妹花—同一種類型的花，在民間玫瑰與薔薇被稱作「姊妹花」，這裡是指一株薔薇上長出的紅白兩色花朵。

儂—此處為女子自稱。

勸郎莫似它—女子希望郎君的心兒千萬不要開出兩色花，道出男子的多情。

桂殿秋

朱彝尊

思往事，渡江干，青蛾低映越山看。
共眠一舸聽秋雨，小簟輕衾各自寒。

江干—江邊。
青蛾—女子的黛眉，這裡比喻沿江兩岸的青山。
越山—江浙一帶的山。
小簟—竹蓆。
青衾—薄被。

憶少年

朱彝尊

飛花時節，垂楊巷陌，東風庭院。

重簾尚如昔，但窺簾人遠。

葉底歌鶯樑上燕，一聲聲伴人幽怨。

相思了無益，悔當初相見。

飛花——飄浮在空中的落花。

了——完全。

閨怨

董以寧

流蘇空繫合歡床，夫婿長征妾斷腸。
留得當時臨別淚，經年不忍浣衣裳。

流蘇—絲線或彩色羽毛製成的下垂穗子，用以裝飾車馬及帷帳。
經年—終年，過了一年。
浣—洗滌。

浣溪沙

陳維崛

綠剪堤邊楊柳絲，紅堆門外小桃枝。
一春人在謝家池。
事去已荒前日夢，情多猶憶少年時。
江南紅豆最相思。

小桃—正月初放的投花，最早帶來春訊。

謝家—謝娘家。謝娘，一指唐代名歌妓謝秋娘，喻美女。一指東晉謝玄之妹、女詩人謝道韞，喻才女。此處指主人公舊時情侶。

紅豆—又名相思子，大如豌豆，色鮮紅。自王維〈相思〉詩後，詩人多用以象徵愛情。

花前

屈大均

花前小立影徘徊，風解羅裙百折開。
已有淚光同白露，不須明月上衣來。

白露——露水

悼內

蒲松齡

浮世原同鬼作鄰，況當歲過七餘旬。
寧知杯酒傾談夕，便是閨房訣絕辰。
魂若有靈當入夢，涕如不下亦傷神。
邇來倍覺無生趣，死者方為快活人。

浮世—世事無定，人生短促，故舊時稱人生為「浮生」。
旬—十年。作者已七十餘歲。
寧—怎麼，哪裡。
訣絕辰—永別的時辰。
邇來—近來。

採蓮曲

蒲松齡

兩船相望隔菱茭，一笑低頭眼暗拋。
他日人知與郎遇，片言誰信不曾交？

片言—短短的幾句話。

花非花

計南陽

同心花，合歡樹。
四更風，五更雨。
畫眉山上鷓鴣啼，畫眉山下郎行去。

「同心花」二句—比喻兩情的諧洽。

「畫眉」句—畫眉山，在浙江南雁蕩山順悉的西邊，因其峰尖利如筆，又稱畫眉尖峰。鷓鴣啼，相傳鷓鴣叫聲似「行不得也哥哥」，所以用鷓鴣啼表示不願情人離去。

木蘭詞

納蘭性德

人生若只如初見，何事秋風悲畫扇。
等閒變卻故人心，卻道故人心易變。
驪山語罷清宵半，淚雨霖鈴終不怨。
何如薄倖錦衣郎，比翼連枝當日願。

「何事」句－引用漢朝班婕妤被棄典故，後秋扇見捐即喻女子失寵遭冷落。
等閒－隨便、輕易。
「驪山」二句－於陝西省東南，唐明皇曾設清華宮於此，後唐明皇躲避安史之亂，入蜀逢淋雨數日，悼念楊貴妃，令人譜曲〈雨霖鈴〉。
「錦衣郎」－化用李商隱〈馬嵬〉：「如何四紀為天子，不及盧家有莫愁。」錦衣郎指唐明皇，比翼連枝引用白居易〈長恨歌〉：「在天願作比翼鳥，在地願為連理枝。」

好事近

納蘭性德

何路向家園，歷歷殘山剩水。都把一春冷淡，到麥秋天氣。

料應重度隔年花，莫問花前事。縱使東風依舊，怕紅顏不似。

歷歷——分明、清晰。

殘山剩水——殘破的山水風景。作者心緒愁煩，故所見之景皆頹敗殘破。

麥秋——秋天播種的小麥於四、五月的初夏時節成熟。

浣溪沙

納蘭性德

誰念西風獨自涼？蕭蕭黃葉閉疏窗。沉思往事立殘陽。

被酒莫驚春睡重，賭書消得潑茶香。當時只道是尋常。

誰念—以反問起筆，實則抒寫自己的寂寞無人問。

蕭蕭—風吹葉落發出的聲音。

疏窗—雕花的窗。

往事—指曾經的幸福生活。

被酒—醉酒。

春睡—醉睏沉睡，臉上如春色。

賭書潑茶—宋代李清照〈金石錄後序〉提及夫婦日常飯罷烹茶消遣之樂，此用其典說明與亡妻盧氏的美好生活。

消得—消受。

尋常—平常。

採桑子

納蘭性德

誰翻樂府淒涼曲？風也蕭蕭，雨也蕭蕭，瘦盡燈花又一宵。

不知何事縈懷抱，醒也無聊，醉也無聊，夢也何曾到謝橋。

蕭蕭──形容風聲、落葉聲。

縈懷抱──牽掛於心。

謝橋──古時稱所愛女子為謝娘，她的住處就稱為謝橋。

畫堂春

納蘭性德

一生一代一雙人，爭教兩處銷魂。相思相望不相親，天為誰春。

漿向藍橋易乞，藥成碧海難奔。若容相訪飲牛津，相對忘貧。

「一生一代」句—引用駱賓王〈代女道士王靈妃贈道士李榮〉：「相憐相念倍相親，一生一代一雙人。」明明應該是命定佳偶，怎麼會分隔兩地黯然相思。

爭教—怎教。

藍橋—相傳為裴航遇仙女雲英處。這裡指也曾有這般良緣。

「**藥成**」句—引用嫦娥奔月典故，縱有深情卻難以相見。

飲牛津—傳說中的天河邊，此指與戀人相會地點。

相對—面對面。

虞美人

納蘭性德

曲闌深處重相見，勻淚偎人顫。淒涼別後兩應同，最是不勝清怨月明中。

半生已分孤眠過，山枕檀痕涴。憶來何事最銷魂，第一折枝花樣畫羅裙。

曲闌——深長彎曲的走廊。

勻淚——拭淚。

顫——因哭泣而微微顫抖。

不勝清怨——難以承受這般幽怨。

分——料想。

檀痕——淺紅色的痕跡，意指沾上女子胭脂淚痕。

涴——弄髒、染上。

一剪梅

◎懊惱詞

季式祖

初長天氣困人時。
花一枝枝，柳一枝枝。
朝來慵起夜眠遲。
日上窗兒，月上窗月。

沈郎漸減瘦腰肢。
愁也絲絲，淚也絲絲。
不堪訴說是相思。
有個人知，沒個人知。

初長天氣——早春時氣候漸暖而白天漸長。

沈郎——《梁書．沈約傳》說沈約「百日數旬，革帶常應移孔」，後以「沈腰」指腰圍消瘦。

十誡詩

倉央嘉措

但曾相見便相知，相見何如不見時。
安得與君相決絕，免教生死作相思。

相知—彼此互相瞭解。
何如—不如。
決絕—永別。

不負如來不負卿

倉央嘉措

曾慮多情損梵行，入山又恐別傾城，
世間安得雙全法，不負如來不負卿。

梵行—清淨的行為，也就是斷絕淫慾的行為。修梵行的人死後可生於梵天。
別—離開。
傾城—美人。
安得—豈能得到。
雙全法—兩全其美的辦法。
如來—佛的另外一種稱號。意謂像過去諸佛那樣的來，那樣的去。

得夫子書

林以寧

經年別思多，得書才尺幅。
為愛意纏綿，挑燈有回讀。

尺幅—小幅的字畫，這裡指書信簡短，內容不多。
有回讀—反覆讀好幾遍。多年離思才得書信一紙，不足以聊慰相思之情，因此帶著愛意於燈下反覆閱讀。

眼兒媚

厲鶚

一寸橫波惹春留，何止最宜秋。妝殘粉薄，矜嚴消盡，只有溫柔。

當時底事匆匆去？悔不載扁舟。分明記得，吹花小徑，聽雨高樓。

橫波—目光。

何止最宜秋—何止是用「秋波」來形容它最相宜。

矜嚴—矜持嚴肅。

底事—何故，為什麼。

載扁舟—猶言同行。傳說春秋時期范蠡功成身退，與西施一起泛舟五湖。

吹花—猶言迎風，語出《詩・鄭風・蘀兮》：「風其吹女。」與下句「聽雨」對仗。

折楊柳

錢琦

折楊柳，挽郎手。
問郎幾時歸，
不言但回首。
折楊柳，怨楊柳。
如何短長條，
只繫妾心頭，
不繫郎馬首？

但—只。

如何—為什麼。
短長條—楊柳短短長長的枝條。
「只繫」二句—為何柳枝不夠長，只讓我牽掛，不把情人留下。

紅豆曲

曹雪芹

滴不盡、相思血淚拋紅豆。
開不完、春柳春花滿畫樓。
睡不穩、紗窗風雨黃昏後。
忘不了、新愁與舊愁。

咽不下、玉粒金蓴噎滿喉。
照不見、菱花鏡裡形容瘦。
展不開的眉頭，挨不明的更漏。

紅豆曲—即相思豆。取自《紅樓夢．第二十八回》。

玉粒金蓴—玉粒為上好的米飯，金蓴指精美的佳餚。

更漏—古代用漏刻判定時間，引申為時間的意思。

呀！

恰便似遮不住的青山隱隱，流不斷的綠水悠悠。

馬嵬

袁枚

莫唱當年長恨歌，人間亦自有銀河。
石壕村裡夫妻別，淚比長生殿上多。

馬嵬—即馬嵬坡，其地驛站名馬嵬驛，唐明皇於安史之亂中奔蜀，楊貴妃被賜死於此。地在今陝西興平縣西。

長恨歌—唐詩人白居易〈長恨歌〉，寫唐明皇與楊貴妃的故事。

石壕村—杜甫〈石壕吏〉中所寫的村莊，官府強徵村民，百姓家破人亡。

長生殿—唐代天寶元年所建，七夕時唐明皇與楊貴妃於此共誓生死。

水調歌頭

◎舟次感成

蔣士銓

偶為共命鳥，都是可憐蟲。淚與秋河相似，點點注天東。十載樓中新婦，九載天涯夫婿，首已似飛蓬。年光愁病裡，心緒別離中。

詠春蠶，疑夏雁，泣秋蛩。幾見珠圍翠繞，含笑坐東風？

共命鳥—為梵語「耆婆耆婆迦」的義譯，「耆婆」有「命」與「生」的意思，因而又譯為「命命鳥」或「生生鳥」。意同雙生樹、並蒂蓮，象徵相依相守的夫妻。

可憐蟲—用《企喻歌辭》：「男兒可憐蟲，出門懷死憂」意。

秋河—秋天的銀河。「淚似秋河」，極言其多，其意亦在強調哀傷。

「**十載**」二句—婚後十年，倒有九年遠別，相聚時間極短。

飛蓬—飄飛的蓬草。形容因相思而意興索然，形神憔悴。

「**詠春蠶**」三句—春蠶引自唐李商隱〈無題〉：「春蠶到死絲方盡」

聞道十分消瘦，為我兩番磨折，
辛苦念梁鴻。
誰知千里夜，各對一燈紅。

喻深情不移；夏天盼望鴻雁捎來書信，但夏天無雁，故疑；蛩為蟋蟀別名，蟋蟀於秋天鳴叫，引起悲傷情緒。
「幾見」二句—傾訴內心的歉疚，也顯出對妻子的情意。「幾見」即「幾曾見」。
兩番磨折—此處當指兩次會試下第。第三次雖然也未中，但又考授中書舍人，總算步入仕途。
梁鴻—為東漢時人，家貧而尚節，博覽無不通，與妻孟光同隱霸陵山中，夫婦以耕織為業。

秋夕

黃景仁

桂堂寂寂漏聲遲，一種秋懷兩地知。
羨爾女牛逢隔歲，為誰風露立多時？
心如蓮子常含苦，愁似春蠶未斷絲。
判逐幽蘭共頹化，此生無分了相思。

桂堂—由桂木構建的屋舍。泛指富貴人家的屋宇。
女牛—織女星和牛郎星，隔銀河相對。
判—同「拚」，捨棄，不顧惜。
頹化—衰敗，變化。
無分—分同「份」，無分即沒有希望。
了—了結，完結。

綺懷【其十五】

黃景仁

幾回花下坐吹簫，銀漢紅牆入望遙。
似此星辰非昨夜，為誰風露立中宵。
纏綿思盡抽殘繭，宛轉心傷剝後蕉。
三五年時三五月，可憐杯酒不曾消。

銀漢紅牆—用銀河和紅牆比喻自己和表妹被相隔。

「似此星辰」句—化用李商隱〈無題〉：「昨夜星辰昨夜風，畫樓西畔桂堂東。」

「為誰風露」句—化用高啟〈蘆雁圖〉：「沙闊水寒魚不見，滿身風露立多時。」

風露—風中的露水。

中宵—半夜。此句意為久立到半夜，身上沾滿露水。

後蕉—此處芭蕉帶有幽怨的意思。

舊感

黃景仁

從此音塵各悄然，春山如黛草如煙。
淚添吳苑三更雨，恨惹郵亭一夜眠。
詎有青鳥緘別句，聊將錦瑟記流年。
他時脫便微之過，百轉千迴只自憐。

春山如黛—春日之山，其色如黛。後借指女人之眉。不過，在此詩中，是實寫山也。

吳苑—吳地的園林，代指女子的新居。

郵亭—古代設於路途以供歇宿的館舍。

詎有—豈有，哪有。

青鳥—相傳為王母娘娘使者「青鳥」，因就平仄而改。

別句—表達傷別相思之情的詩句。

脫—倘或。

微之—唐詩人元稹，字微之，曾作〈會真記〉寫張生與崔鶯鶯戀愛，崔被張遺棄後嫁給他人，後來張生過其居求見，鶯鶯不出。潛寄一詩云：「自從消瘦減容光，萬轉千回懶下床。不為旁人羞不起，為郎憔悴卻羞郎。」

寄衣曲

席佩蘭

欲製寒衣下剪難，幾回冰淚灑霜紈。
去時寬窄難憑準，夢裡尋君作樣看。

霜紈——白色的絲絹。
君——此處為作者指自己的丈夫。

贈外

林佩環

愛君筆底有煙霞，自拔金釵付酒家。
修到人間才子婦，不辭清瘦似梅花。

「自拔金釵」句——元稹〈遣悲懷〉：「泥他沽酒拔金釵」，金釵換酒表示夫婦和諧相得。
「修到人間」句——從宋代詩人謝枋得〈武夷山中〉的「幾生修得到梅花」句意化出。

賣花聲

郭麐

秋水淡盈盈，秋雨初晴，月華洗出太分明。照見舊時人立處，曲曲圍屏。

風露浩無聲，衣薄涼生，與誰人說此時情？簾幕幾重窗幾扇，說也零星。

盈盈—清澈。

圍屏—可以摺疊的屏風。

風露浩無聲—指秋夜靜朗，長天皓月，一片澄明。

己亥雜詩【其五】

龔自珍

浩蕩離愁白日斜，吟鞭東指即天涯。
落紅不是無情物，化作春泥更護花。

己亥—清朝道光十九年己亥(1839)年，龔自珍辭官返家，又北上接取家屬，途中作詩三百一十五首，體裁皆為七言絕句，集結成《己亥雜詩》。
浩蕩—徬徨不安的樣子。
吟鞭—詩人的馬鞭，邊走邊唱。
東指—家鄉的方向。
護—滋養。
花—比喻國家，作者雖已辭官，但可以用別的方式報效國家。

浪淘沙

◎書願

雲外起朱樓，縹緲清幽。
笛聲叫破五湖秋。
整我圖書三萬軸，同上蘭舟。
鏡檻與香篝，雅憺溫柔。
替儂好好上簾鉤。
湖水湖風涼不管，看汝梳頭。

龔自珍

五湖—此處指太湖。

蘭舟—用木蘭樹所造的船隻。後為一般船隻的美稱。

鏡檻與香篝—鏡檻即鏡架，代指妝鏡。香篝即香爐外的籠罩，代指香爐。

雅憺—高雅恬靜。

蝶戀花

譚獻

庭院深深人悄悄。埋怨鸚哥，錯報韋郎到。壓鬢釵梁金鳳小，低頭只是閒煩惱。

花發江南年正少。紅袖高樓，爭抵還鄉好？遮斷行人西去道，輕軀願化車前草。

「庭院」句—庭院深深，深院寂靜。悄悄，悄然無聲。

鸚哥—即鸚鵡。

韋郎—據《雲溪友議》載，韋皋遊江夏，與青衣侍女玉簫相識相愛。這裡借指情人。

釵—頭釵。

金鳳—古代婦女的頭飾。

紅袖高樓—指遊冶狎妓的生活。紅袖，代指酒樓妓院等場所的女子。

爭抵—怎抵。

遮斷—遮擋，攔住。

車前草—草名，又名當道。

蝶戀花

文廷式

九十韶光如夢裡。寸寸關河，寸寸銷魂地。落日野田黃蝶起，古槐叢荻搖深翠。

惆悵玉簫催別意。蕙些蘭騷，未是傷心事。重疊淚痕緘錦字，人生只有情難死。

九十韶光—即整個春天。九十，春天共有九十日。韶光，春光。

「**寸寸關河」二句**—關河，關塞、關防，或泛指山河。銷魂，指離別時黯然神傷。

叢荻—叢生的荻草。

蕙些蘭騷—用《楚辭．招魂》句「光風轉蕙，氾崇蘭些。」謂微風於陽光下吹轉蕙蘭，苑中小溝充溢蘭香。此以蕙蘭喻忠貞之心。些，古楚方言句末助詞。

緘錦字—意為封好寄託思念的書信。緘，給寫好的書信封口。錦字，用蘇蕙織錦典故。

減字浣溪沙

◎聽歌有感

況周頤

惜起殘紅淚滿衣，他生莫作有情痴。人間無地著相思。

花若再開非故樹，雲能暫駐亦哀絲。不成消遣只成悲。

著——相思的歸處。

暫駐——短暫停留。

消遣——排遣。

浣溪沙

陳洵

如夢風花赴鏡流，舞楊無力倚嬌柔。
黛奩脂盝自然收。
未必真珠全賺淚，斷無羅帶肯瞞愁。
春光誰分薄於秋！

「如夢」句—指女子照水梳妝。鏡流，池塘。
舞楊—寫女子身姿，有如隨風翻舞的楊柳。
「黛奩」句—指女子稍施粉黛，妝成自然。黛奩，盛畫眉顏料和工具的盒子。脂盝，胭脂盒。
「未必」句—意謂不是所有的淚水都會被珍重。
「斷無」句—漸漸寬鬆的羅帶，瞞不住日日因愁而瘦損的身體。
分—分辨。
薄於秋—比秋風更薄情。

蝶戀花

王國維

百尺朱樓臨大道。
樓外輕雷，不間昏和曉。
獨倚闌干人窈窕，閒中數盡行人小。
一霎車塵生樹杪。
陌上樓頭，都向塵中老。
薄晚西風吹雨到，明朝又是傷流潦。

朱樓—華麗的紅色樓房。
輕雷—喻車聲。
不間—不間斷。
樹杪—樹梢。
陌上樓頭—陌上指遊子，樓頭指思婦。
薄晚—傍晚，向晚。
流潦—指路上的流水和積水。

蝶戀花

王國維

閱盡天涯離別苦。不道歸來，零落花如許。花底相看無一語，綠窗春與天俱暮。

待把相思燈下訴。一縷新歡，舊恨千千縷。最是人間留不住，朱顏辭鏡花辭樹。

不道—不料。

綠窗—借指女子住處。

暮—春光終將結束。

新歡—指重逢的歡娛。

舊恨—指分離時的痛苦。

朱顏辭鏡—意指紅顏老去，盛年不再。

蝶戀花

王國維

黯淡燈花開又落。此夜雲蹤，知向誰邊拋？頻弄玉釵思舊約，知君未忍渾拋卻。

妾意苦專君苦博。君似朝陽，妾似傾陽藿。但與百花相鬥作，君恩妾命原非薄。

雲蹤—像雲一樣漂浮不定的蹤跡。

誰邊—何處。

「頻弄」句—舊約，從前的約定、盟誓。玉釵，指定情之物。

渾拋卻—全然拋棄。

「妾意」句—我太過專情，而你又太過博愛。

藿—向日葵。

相鬥作—比賽，競豔。

本事詩【二首】

蘇曼殊

烏舍凌波肌似雪，
親持紅葉索題詩。
還卿一鉢無情淚，
恨不相逢未剃時。

春雨樓頭尺八簫，
何時歸看浙江潮？
芒鞋破鉢無人識，

「烏舍」句—以印度傳說中的神女烏舍來比喻日本歌伎百助，說她步履輕盈如凌波仙子，其肌膚又如雪似玉。
「親持」句—指百助對蘇曼殊詩才的愛戴和一片深情，此處用「紅葉題詩」的典故，也暗示了百助有向他求婚的經歷。。
「還卿」二句—化用唐・張籍〈節婦吟〉：「還君明珠雙淚垂，恨不相逢未嫁時。」蘇曼殊一生多次出家、還俗，此時已出家，無法回應百助的情意。
「春雨」句—迷濛細雨中詩人倚靠在日本民居的小樓上，正聽著

踏過櫻花第幾橋？

百助用尺八簫吹奏著《春雨》曲。「春雨」既指現實中的春景又指簫聲所吹曲名，一語雙關。

「芒鞋」二句—點出詩人自身的僧家身分，又暗含有詩人的淒楚身世，並道出生命的傷感和人生似夢的感謂。

集義山句懷金鳳

蘇曼殊

收將鳳紙寫相思，莫將人間總不知。
盡日傷心人不見，莫愁還自有愁時。

集義山句—蒐集前人成句另成一詩稱為「集句詩」。義山為李商隱的字。

金鳳—與作者相善的秦淮河上的歌伎。

鳳紙—帝王用紙，亦泛指珍貴之紙，因繪有金鳳而得名。

「收將」二句—集自李商隱〈碧城〉（其三）：「檢與神方教駐景，收將鳳紙寫相思。武皇內傳分明在，莫道人間總不知。」

「盡日」句—集自〈遊靈伽寺〉：「碧煙秋寺泛湖來，水打城根古堞摧。盡日傷心人不見，石榴花滿舊琴臺。」

「莫愁」句—集自〈莫愁〉：「雪中梅下與誰期，梅雪相兼一萬枝。若是石城無艇子，莫愁還自有愁時。」莫愁，古代傳說中的美女，此指金鳳。

風流子

郁達夫

不是尊前愛惜身，佯狂難免假成真。
曾因酒醉鞭名馬，生怕情多累美人。
劫數東南天作孽，雞鳴風雨海揚塵。
悲歌痛哭終何補，義士紛紛說帝秦。

佯狂—假裝瘋狂。

累—連累。

雞鳴風雨—典自《詩經‧鄭風‧風雨》：「風雨如晦，雞鳴不已。既見君子，云胡不喜。」以風雨比喻當時晦暗不安的時代，雞鳴比喻亂世中的君子。

海揚塵—典出晉‧葛洪《神仙傳‧麻姑》中東海變成陸地，揚起灰塵。比喻時勢變遷，世事變化很大。

「**悲歌痛哭**」句—引用杜甫〈贈李白〉：「痛飲狂歌空度日，飛揚跋扈為誰雄。」即使狂飲痛哭也於事無補。

「**義士紛紛**」句—引用《戰國策》中魯仲連「義不帝秦」典故。影射當時補殺上海文人的軍政當局。

消夏詞

季淑蘭

無主荷花開滿堤，蓮歌聲脆小樓西。
鴛鴦自是多情甚，雨雨風風一處棲。

消夏—消除夏日暑熱。
無主—隱喻無婚男女。
「**鴛鴦**」二句—希望能像鴛鴦般結伴而行，不畏風雨，象徵至死不渝的感情。

人人讀經典

【人人讀經典】

人人出版社《人人讀經典》系列，
清晰秀麗的字體，
編排精巧用心，
且有白話注釋與標準注音，
帶給讀者隨手握讀的愉悅。

◎精典再現◎

每個人心中都有一首難忘的詩詞
會在生命的不同階段，
驀然回首，浮現心頭。
陪伴你共度人生，
共享歲月靜好。

◎吟月詠菊◎

《唐詩三百首》特價 250 元
《宋詞三百首》特價 250 元
《蘇東坡選集》特價 250 元
《四李選集》特價 250 元
《婉約詞》特價 250 元
《豪放詞》特價 250 元
《論語》特價 250 元
《孟子》（附《大學》《中庸》）特價 250 元
《化作春泥更護花》宋元明清詩選　特價 250 元
《眾裡尋他千百度》歷代愛情詩詞選　特價 250 元

— 更多詩詞系列即將上市，請密切關注 —

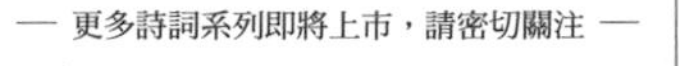

國家圖書館出版品預行編目（CIP）資料

眾裡尋他千百度：歷代愛情詩詞選 / 人人出版作. -- 第一版. -- 新北市：人人, 2020.06
面；公分. --（人人讀經典系列；24）
ISBN 978-986-461-217-8（精裝）

831.92　　109006339

【人人讀經典系列 24】

眾裡尋他千百度

歷代愛情詩詞選

編選 / 周元白・林庭安
執行編輯 / 林庭安
發行人 / 周元白
出版者 / 人人出版股份有限公司
地址 / 231028 新北市新店區寶橋路 235 巷 6 弄 6 號 7 樓
電話 /（02）2918-3366（代表號）
傳真 /（02）2914-0000
網址 / www.jjp.com.tw
郵政劃撥帳號 / 16402311 人人出版股份有限公司
製版印刷 / 長城製版印刷股份有限公司
電話 /（02）2918-3366（代表號）
經銷商 / 聯合發行股份有限公司
電話 /（02）2917-8022
第一版第一刷 / 2020 年 6 月
定價 / 新台幣 250元
港幣 83 元

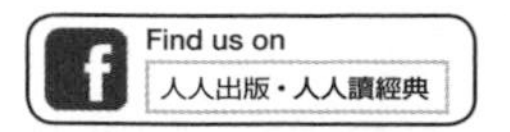